喚醒你的英文語感！

Get a Feel for English !

Marketing English

行銷英文

作者 ◎王建民

序

「行銷」（marketing）這個名詞在現今的社會中，可說是無所不在，也能讓別人了解你的理念、想法、產品甚至是公司。不論你從事哪種行業，職位的不同，皆與行銷有關。

行銷不僅是可靠口傳、紙本方式，在這個資訊爆炸的時代中，電郵、網路、臉書、電子媒體的廣告（報紙、雜誌、廣播、電視……）等等，可說是充斥在我們 24 小時的生活中。因此做為一個「現代人」不可不知如何行銷，也不能不做出好的行銷，否則再大的努力也無法被別人知道，或是被肯定。

最近木柵動物園最紅的療癒系萌主「圓仔」就是一個典型的例子，由於動物園有特殊的行銷手法，以至於原本就已經讓人喜愛的熊貓，可說是更加的爆紅及人氣破表。鴻海集團的總裁郭台銘先生就表示過，想挖角動物園這次做「圓仔行銷」的園長，可見行銷在各領域的重要性。

由於作者過去在美國紐約唸書、工作，每天耳濡目染在極度現代化、處處可見商業行銷的大蘋果中，真的對行銷的影響感受極深！而在回台灣教學這十多年過程中，也充分感受到很多台灣同學非常優秀、有內涵或專業，但由於個性害羞，或是沒有受過行銷相關的訓練，無法充分表達自己的理念看法，實在可惜，因為在職場中是沒有人會給你太多的機會來表現你自己，當給你舞台的時候，你就要立刻表現出來，因此行銷自己，行銷產品，行銷你的公司，甚至像作者本身行銷自己的書，皆是人人不可或缺的現代「基本概念及知識」。

基於以上的種種因素——生活上、工作上、食衣住行育樂上，行銷皆扮演著圍繞在我們身邊最大的「特效藥」。令人開心的是台灣也愈來愈重視行銷的概念了，如高雄市長菊姐自己現身在影片中行銷高雄這個「陽光城市」，另外如台灣的大景點——台北 101 跨年煙火、元宵節的平溪天燈、台南的鹽水烽炮，皆因行銷而受國際矚目了。此外，台灣及以上很多城市或

民俗傳統活動也被國際媒體選為必來的旅遊景點，或一生一世必做的一件事，這些皆是源自「行銷」。

　　此外，行銷在國際化的英文證照考試——多益中也佔有極大的比例，台灣本身的國家級考試（公職）或研究所更加充斥了行銷英文的相關考題內容。相信讀者皆知道其原因——就是因為「它」太重要了，也太實用了。

　　選在 2014 與最專業的貝塔出版社出版此書——「行銷英文」也是我今年最大的榮幸及最開心的事。這是一本給大學生、研究生、考生（公職、研究所）、上班族（會議、簡報、談判、商展）甚至是媒體相關人士（廣告）必備的一本英文工具書，應該說這是一本「現代人」皆必須要看的一本「聖經」！

王建民

台北 2014

C🌐NTENTS

Chapter 2 產品行銷（含網路）

Part 1 你必須知道的「行銷主題」單字

Part 2 立即上手！「行銷」好用句

Part 3 聽力順風耳

Part 4 應考祕笈

Part 5 〈加值！！〉職場實用篇

Part 6 主題驗收評量

Part 3　聽力順風耳

Part 4　應考祕笈

Part 5　〈加值！！〉職場實用篇

Part 6　主題驗收評量

特別收錄篇　商展和談判 ✛

Part 1　你必須知道的「商展和談判」單字

A 「商展」

Chapter 1

廣告

1. 何謂廣告

　　廣告是一種靠創造印象 (impression) 所形成、並以研究與深入了解消費者之行為 (consumer behavior) 為基礎的行業 (profession)。廣告是一種鼓勵 (encourage) 或說服 (persuade) 消費者繼續某種行為或採取新行為的交流方式 (a form of communication)，也就是說，廣告是透過商業的信息促成 (drive) 消費行為的形成。因此，廣告為要迅速獲利 (quick profit)，基本上為了成長 (growth) 不惜任何代價也不放棄任何追逐新潮流 (fad) 的機會。

　　廣告的費用由廣告客戶或贊助商 (sponsors) 支付，而其傳播的方式包括傳統媒體 (traditional media) 比如說報紙、雜誌、收音機、電視、直接郵寄廣告 (direct mail)、戶外廣告 (outdoor advertising)，或如網站 (websites)，以及手機訊息 (text messages) 和部落格 (blogs) 等新式媒體。

2. 廣告的目標

　　根據美國廣告協會 (Association of National Advertising)，廣告的目標 (targets) 可以分為 ACCA 四大項，也就是：認知 (awareness)，理解 (comprehension)，說服 (conviction) 及行動 (action)。而標題 (headline)、副標題 (sub-headline)、正文 (body text)、口號 (slogan)、商標 (trademark) 及插圖 (illusion) 則為構成一則極佳的廣告五大要素。

　　廣告分析的觀念是指一個產品有商標名稱 (brand name)、標誌設計 (logo design)、顏色 (color) 和技術 (technology)，並具有產品 (product) 本身之意義，及產品所具有的深層 (deep) 及隱藏 (hidden) 之意義。

3. 什麼是好的廣告

　　一則好的廣告必須符合：引起注意 (attention)、激起興致 (interest)、喚起慾望 (desire) 及令人過目不忘 (memory)，並使看過廣告的人能採取行動

等法則。

廣告除了推銷商品 (promote commercial goods) 和提升服務外，亦可用來告知 (inform)、教育 (educate) 和激勵 (motivate) 大眾，使其了解非商業性的議題，如 SARS 或核能危機等。因此廣告亦可成為一個強大的教育工具。

📁 **廣告媒體種類** 💿 MP3 001

❏ **media mix** ㊂ 媒體組合

❏ **media buying** ㊂ 媒體購買

❏ **broadcast media** ㊂ 廣播媒體

❏ **outdoor media** ㊂ 戶外媒體

❏ **print media** ㊂ 印刷媒體

❏ **billboard** [ˋbɪlˌbord] ㊂ 廣告牌

❏ **classified advertisement** ㊂ 分類廣告

❏ **commercial** [kəˋmɝʃəl] ㊂ 商業廣告

❏ **reminder advertising** ㊂ 提醒式廣告

❏ **persuasive advertising** ㊂ 說服式廣告

❏ **printed ad** ㊂ 平面廣告

❏ **corporate advertising** ㊂ 企業廣告

❏ **consumer advertising** ㊂ 消費廣告

❏ **exchange advertising** ㊂ 交換廣告

❏ **gift advertising** ㊂ 贈品廣告

❏ **above-the-line advertising** ㊂ 線上廣告

❏ **advertorial** [ˌædvɝˋtorɪəl] ㊂ 社論式廣告

❏ **comparative advertising** ㊂ 比較式廣告

❏ **banner advertising** ㊂ 橫幅式廣告

❏ **pop-up ads** ㊂ 跳出式廣告

❏ **teaser** [ˋtizɚ] ㊂ 前導廣告（為簡短廣告，但不會透露廣告產品的名稱）

❏ **word-of-mouth advertising** ㊂ 口碑廣告

❏ **spots** [spɑts] ㊂ 插播廣告

❏ **corrective advertising** ㊂ 更正廣告

- ❏ **deceptive advertising** ⑧ 欺騙式廣告
- ❏ **generic advertising** ⑧ 大類廣告
- ❏ **maintenance advertising** ⑧ 維持性廣告
- ❏ **musical advertising** ⑧ 音樂式廣告
- ❏ **recruitment advertising** ⑧ 招聘廣告
- ❏ **transit advertising** ⑧ 交通廣告
- ❏ **display advertising** ⑧ 版位／圖片廣告
- ❏ **institutional advertising** ⑧ 企業廣告（組織替自己打廣告）
- ❏ **TV commercial** ⑧ 電視廣告
- ❏ **interactive advertising** ⑧ 互動式（電視）廣告
- ❏ **cinema advertising** ⑧ 電影貼片廣告
- ❏ **direct mail advertising** (DM) ⑧ 直接郵遞廣告
- ❏ **mail shot** ⑧ 郵遞廣告
- ❏ **POP** 店頭廣告（店內的招牌、立牌、海報等）
- ❏ **lamp post advertising** ⑧ 路燈柱廣告
- ❏ **light box advertising** ⑧ 燈箱廣告
- ❏ **bus stop pillar advertising** ⑧ 站牌廣告
- ❏ **bus stop shelter advertising** ⑧ 候車亭廣告
- ❏ **transit shelter advertising** ⑧ 車站棚廣告
- ❏ **car-end poster** ⑧ 車內尾部招貼

廣告與通路 ⑥ MP3 002

- ❏ **household name** ⑧ 家喻戶曉的名字
- ❏ **distribution channel** ⑧ 銷售管道
- ❏ **distribute** [dɪˋstrɪbjut] ⑩ 分發
- ❏ **product placement** ⑧ 產品置入
- ❏ **direct sell** 直銷 / **direct distribution** ⑧ 直接銷售
- ❏ **mail order** ⑧ 郵購

- ❏ **direct mail** 直效信函／直接郵遞廣告
- ❏ **catalog sales** 图 型錄銷售
- ❏ **home shopping** 在家購物
- ❏ **on-line sales** 图 網路購物
- ❏ **e-business** 图 電子商務
- ❏ **immediate delivery** 图 即刻配送
- ❏ **door-to-door selling** 图 上門銷售
- ❏ **point-of-sale displays** 图 零售點展示
- ❏ **in-house journal** 图 內部雜誌
- ❏ **in-store promotion** 图 內部促銷
- ❏ **perimeter advertising** 图 周邊廣告
- ❏ **channel image advertising** 图 通路形象廣告
- ❏ **cooperative advertising** 图 合作廣告
- ❏ **joint promotion** 图 聯合促銷
- ❏ **advertising campaign** 图 廣告造勢活動
- ❏ **dealer** [ˋdilə] 图 經銷商
- ❏ **franchisee** [ˌfræntʃaɪˋzi] 图 特約經銷商
- ❏ **franchiser** [ˋfræntʃaɪzə] 图 特約經銷授權人
- ❏ **intermediary** [ˌɪntəˋmidɪˌɛrɪ] 图 中間業者
- ❏ **agent** [ˋedʒənt] 图 代理人
- ❏ **agency** [ˋedʒənsɪ] 图 代理商
- ❏ **commission** [kəˋmɪʃən] 图 佣金
- ❏ **broker** [ˋbrokə] 图 經紀商
- ❏ **wholesaler** [ˋholˌselə] 图 批發商
- ❏ **distributor** [dɪˋstrɪbjətə] 图 配銷商
- ❏ **jobber** [ˋdʒɑbə] 图 中盤商
- ❏ **manufacture owned store** 图 製造商自己的零售商
- ❏ **retailer** [ˋritelə] 图 零售商
- ❏ **sole retailer** 图 獨家零售商

- ❏ **export firm** ⑧ 出口公司
- ❏ **intensive distribution** ⑧ 密集配銷
- ❏ **exclusive distribution** ⑧ 獨家配銷
- ❏ **selective distribution** ⑧ 選擇性配銷
- ❏ **showroom** [ˋʃoˏrum] ⑧ 陳列室
- ❏ **recall** [rɪˋkɔl] ⑩ / ⑧ 回收
- ❏ **back order** ⑧ 延期交貨

📁 促銷活動 | 🎧 MP3 003

- ❏ **hard sell** ⑧ 強力促銷術
- ❏ **advertising specialty** ⑧ 廣告禮品
- ❏ **sampling** [ˋsæmplɪŋ] ⑧ 樣品贈送
- ❏ **premium** [ˋprimɪəm] ⑧ 贈品
- ❏ **give-away** [ˋgɪvəˏwe] ⑧ 禮品
- ❏ **on-pack promotion** ⑧ 贈品促銷
- ❏ **combination offer** ⑧ 套裝贈送
- ❏ **price-off** [ˋpraɪsˏɔf] ⑩ / ⑧ 減價
- ❏ **cents-off promotion** ⑧ 減價促銷
- ❏ **BOGOF** (buy one get one free) ⑧ 買一送一
- ❏ **special offer** ⑧ 特價優惠
- ❏ **take-ones** [ˋtek wʌns] ⑧ 優惠贈券
- ❏ **coupon** [ˋkupɑn] ⑧ 折價券
- ❏ **refund** [ˋriˏfʌnd] ⑧ 退款
- ❏ **contest** [ˋkɑntɛst] ⑧ 競賽
- ❏ **sweepstakes** [ˋswipˏsteks] ⑧ 抽獎
- ❏ **bonus pack** ⑧ 紅利包裝
- ❏ **stamp** [stæmp] ⑧ 點數
- ❏ **special event** ⑧ 特別活動

- **brochure** [bro`ʃʊr] 名 宣傳冊
- **publicity** [pʌb`lɪsətɪ] 名 宣傳
- **controlled circulation** 名 贈閱發行

📁 零售商類型 | 💿 MP3 004

- **department store** 名 百貨公司
- **supermarket** [`supɚˌmɑrkɪt] 名 超級市場
- **hypermarket** [ˌhaɪpɚ`mɑrkɪt] 名 量販店
- **superstore** [`supɚstɔr] 名 大型賣場
- **specialty shop** 名 專賣店
- **chain store** 名 連鎖店
- **convenience store** 名 便利商店
- **personal store** 名 個人商店
- **internet shopping** 名 網路販售
- **door-to-door** 名 逐戶零售
- **vending machine** 名 自動販賣機
- **mail order** 名 郵購
- **telemarketing** [ˌtɛlə`mɑrkɪtɪŋ] 名 電話行銷
- **TV shopping channel** 名 電視購物頻道

📁 廣告公司種類型態 | 💿 MP3 005

- **local agency** 名 本土廣告公司
- **multi-national agency** 名 國際性廣告公司
- **full-service advertising agency** 名 綜合廣告公司
- **in-house agency** 名 企業自設廣告公司
- **media buying service** 名 媒體購買服務公司
- **creative boutique** 名 創意工作室

📁 廣告相關業務與人物 ｜ 💿 MP3 006

- **art director** 图 藝術總監
- **creative development & production** 图 創意發展製作
- **creative director** 图 創意總監
- **member of the creative department** 图 創意部門成員
- **copywriter** [ˈkɑpɪˌraɪtə] 图 文案人員
- **artwork** [ˈɑrtˌwɜk] 图 插圖
- **media planning and buying** 图 媒體企劃採購
- **management & planning** 图 業務企劃
- **research service** 图 研究調查服務
- **advertiser** [ˈædvəˌtaɪzə] 图 廣告主
- **captive audience** 图 被迫收聽／看的觀眾

📁 表現廣告之手法 ｜ 💿 MP3 007

- **spine** [spaɪn] 图 書背
- **front page** 图 報紙頭版
- **print** [prɪnt] 图 印刷品
- **free-standing insert** 图 廣告插頁
- **guaranteed circulation** 图 基本發行量
- **bold face** 图 粗體
- **full page** 圈 整頁的
- **circulation** [ˌsɜkjəˈleʃən] 图 發行量

📁 平面廣告相關字 ｜ 💿 MP3 008

- **headline** [ˈhɛdˌlaɪn] 图 標題
- **body copy** 图 內文
- **logotype** [ˈlogoˌtaɪp] 图 品牌標誌

❑ **illustration** [ˌɪˌlʌsˋtreʃən] ⑧ 插圖

❑ **finished artwork** ⑧ 完稿

❑ **proofing & printing** ⑧ 打樣與印刷

❑ **spectacular** [spɛkˋtækjələ] ⑧ 看板

❑ **code of practice** ⑧ 實務條例

❑ **color scheme** ⑧ 色彩設計

❑ **catalogue** [ˋkætələɔg] ⑧ 產品目錄

❑ **spam** [spæm] ⑧ 垃圾郵件

❑ **poster** [ˋpostə] ⑧ 海報

📂 電視廣告相關字 ⊙ MP3 009

❑ **TV commercial** ⑧ 電視廣告

❑ **storyboard** [ˋstorɪˌbord] ⑧ 分鏡表（拍攝電視廣告用的影音腳本）

❑ **preproduction meeting** ⑧ 製作前會議

❑ **post production** ⑧ 後期製作

❑ **shooting** [ˋʃutɪŋ] ⑧ 拍攝

❑ **commercial break** ⑧ 廣告時段

❑ **rush** [rʌʃ] ⑧ 毛片

❑ **jingle** [ˋdʒɪŋgl] ⑧ 廣告歌

❑ **censorship** [ˋsɛnsəˌʃɪp] ⑧ 檢查（制度）

❑ **impression** [ɪmˋprɛʃən] ⑧ 廣告曝光次數

❑ **peak viewing hours** ⑧ 黃金收視時段

❑ **prime time** ⑧（廣告電視）黃金時段

📂 品牌標誌 ⊙ MP3 010

❑ **logo** [ˋlogo] ⑧ 品牌標誌

❑ **brand** [brænd] ⑧ 品牌

❑ **brand mark** ⑧ 品牌標記

- ❏ **brand name** 图 品牌名稱
- ❏ **brand image** 图 品牌形象
- ❏ **brand loyalty** 图 品牌忠誠度
- ❏ **brand equity** 图 品牌價值
- ❏ **brand identity** 图 品牌識別
- ❏ **brand recognition** 图 品牌識別度
- ❏ **corporate identify** 图 企業識別
- ❏ **service mark** 图 服務商標
- ❏ **trade mark** 图 註冊商標
- ❏ **copyright** [ˋkɑpɪˏraɪt] 图 版權
- ❏ **logotype** [ˋlogoˏtaɪp] 图 標誌字體
- ❏ **slogan** [ˋslogən] 图 廣告標語
- ❏ **headline** [ˋhɛdˏlaɪn] 图 廣告標題
- ❏ **catch phrase** 图 廣告詞句
- ❏ **theme** [θim] 图 主題
- ❏ **launch a brand** 推出新品牌

📁 其他廣告用字 | 🔊 MP3 011

- ❏ **advertising industry** 图 廣告業
- ❏ **rate card** 图 廣告價目表
- ❏ **advertising expenditure** 图 廣告費用
- ❏ **subliminal advertising** 图 潛意識廣告（以某種形式呈現廣告訊息，使消費者在不知不覺中接受其中訊息）
- ❏ **hoarding** [ˋhordɪŋ] 图 廣告牌
- ❏ **advertising brief** 图 廣告簡報
- ❏ **advertising standard** 图 廣告標準
- ❏ **advertising campaign** 图 廣告造勢活動
- ❏ **ad stock** 图 廣告效益

❏ **ad spend** ⊗ 廣告開銷

❏ **classified advertisement** ⊗ 分類廣告

❏ **impact advertising** ⊗ 有衝擊力的廣告

❏ **inadequate advertising** ⊗ 不適當的廣告

❏ **cognitive dissonance** ⊗ 認知失調

❏ **concentrated segmentation** ⊗ 集中區隔

❏ **penetration strategy** ⊗ 滲透策略（利用低價與密集的廣告來提高市場佔有率）

❏ **pre-testing** ⊗ 前測（市場研究技巧，用於廣告推出前先預測它的效果）

❏ **standard advertising register** ⊗ 標準廣告登錄簿

❏ **image** [ˋɪmɪdʒ] ⊗ 形象

❏ **hit** [hɪt] ⊗ 點擊

❏ **effectiveness** [əˋfɛktɪvnɪs] ⊗ 效果

❏ **hierarchy of effects** ⊗ 效果階層：attention [əˋtɛnʃən] 注意 / interest [ˋɪntərɪst] 興趣 / desire [dɪˋzaɪr] 慾望 / action [ˋækʃən] ⊗ 行動

❏ **benefit segmentation** ⊗ 利益區隔

❏ **media** [ˋmidɪə] ⊗ 媒體

❏ **consumer** [kənˋsjumə] ⊗ 消費者

❏ **classification** [ˌklæsəfəˋkeʃən] ⊗ 分類

❏ **sell one's vision of ...** 推廣……的理念

❏ **work on the idea of ...** 實現……的創意

❏ **have the budget for ...** 有……的預算

❏ **give a good overview of the product** 好好地介紹了產品

❏ **theme** [θim] ⊗ 主題

❏ **tag line** ⊗ 標題句

❏ **subhead** [ˋsʌbˌhɛd] ⊗ 副標題

❏ **strap line** ⊗ 標語措辭

❏ **provocative headline** ⊗ 啟發式標題

❏ **product placement** ⊗ 置入性行銷

❏ **hook** [hʊk] ⊗ 促銷花招

- ❏ **emotional appeal** ⑧ 感性訴求
- ❏ **creative brief** ⑧ 創意綱要
- ❏ **earned rates** ⑧ 實際收費
- ❏ **CPM** (cost thousand impression) ⑧ 每千次展示成本
- ❏ **target market** ⑧ 目標市場
- ❏ **market share** ⑧ 市佔率
- ❏ **strategy** [ˋstrætədʒɪ] ⑧ 策略
- ❏ **buying behavior** ⑧ 購買行為
- ❏ **recognition** [ˌrɛkəgˋnɪʃən] ⑧ 識別度
- ❏ **awareness** [əˋwɛrnɪs] ⑧ 顧客的認知
- ❏ **high-profile** [haɪ ˋprofaɪl] ⑱ 引人注目的
- ❏ **low-profile** [ˋlo ˋprofaɪl] ⑱ 低知名度的
- ❏ **coverage rate** ⑧ 覆蓋率
- ❏ **crisis management** ⑧ 危機管理

本單元細分為十種與廣告相關領域及用途的句子，讀者可同時練習「聽、說、讀寫」這些佳句。

類型 1 表達「詢問」 🎧 MP3 012

1. **What kind of advertising will you do for us?**
   你能替我們做哪些廣告？

2. **What are the advertising rates in the Monday edition of your paper?**
   你們報紙的週一版廣告價錢是多少？

3. **Can you tell me a little about your rates for advertisements?**
   你能說明一下你們的廣告收費情況嗎？

4. **Do you have the budget for that?**
   你有該項廣告的預算嗎？

5. **Should we advertise in newspapers or magazines?**
   我們應該在報紙還是雜誌上登廣告？

6. **How large is the tabloid's readership?**
   這份小報的讀者群有多大？

7. **How much does a full-page / half-page / quarter-page ad cost?**
   全版／半版／四分之一版廣告要多少錢？

8. **How much does it cost to run an advertorial on Orange Newspaper?**
   在橘子日報刊社論式廣告要多少錢？

9. **What style will the ads use?**
   廣告將採取什麼樣的風格呢？

10. **How much does it cost if I want to have an advertisement in your magazine?**
    在您的雜誌上做廣告需花多少費用？

11 **What media do you plan to use?**
你們打算用什麼媒體？

12 **What kind of music are you going to have in the background?**
你打算用什麼樣的背景音樂？

13 **Do you happen to know any advertising specialists?**
你碰巧認識廣告代理人嗎？

14 **What's the status of our advertising campaign?**
我們公司的廣告宣傳做得怎樣了？

15 **To what extent do you think consumers are influenced by advertisements?**
你認為顧客被廣告影響到什麼程度？

 類型 2 表達「聯絡方式」 🔘 MP3 013

1 **Call Susan Williams at 1-800-335-1765 ext. 2 for more information, or send an email to isherm68@Jrmail.net.**
請撥打 1-800-335-1765 轉分機 2 找 Susan Williams 以索取更多資訊，或是寄電子郵件到 isherm68@Jrmail.net。

2 **To make a reservation, please feel free to call the front desk at 942-338-3188.**
若要預約，歡迎撥打 942-338-3188。

3 **For a detailed class syllabus or to sign up for the class, please visit www.apexcenter.beta/publishing.**
欲知詳細的課程大綱或想報名此課程請上 www.apexcenter.beta/publishing。

4 **If you have any inquires or you are unsure about anything, please contact us. You can contact us using the email from below.**
如果您有任何疑問或不清楚之處，請跟我們連絡。您可以利用下面電子郵件的表格與我們連絡。

5 **Call Frank Williams at 23843862 to arrange a tour before the apartments are taken!**
請撥打 23843862 找 Frank Williams，以便在租房被預約一空之前為你安排導覽。

表達「令客戶安心」 🎧 MP3 014

1. **When every detail must be perfect, you can rely on our advanced facilities and expert meeting professionals.**

   當所有細節都需要完美無暇時，您可以信賴我們先進的設備與熟練的會議專家們。

2. **If you want something better than ordinary we can help you.**

   如果您想得到比一般更好的廣告，我們可以助您一臂之力。

3. **We still reply to your inquiry within 24-36 hours.**
   Toll Free: 1-800-888-6666
   Fax: 1-800-463-2138

   我們會在 24 到 36 小時內回覆。
   免費電話：1-800-888-6666
   傳真：1-800-463-2138

4. **We personally guarantee that you'll be 100% satisfied or your money back!**

   我們保證你將百分百地滿意，若不滿意可以退費！

5. **And as always, satisfaction is guaranteed.**

   我們始終如一，保證滿意。

6. **We will give you a $300 credit for any mistakes made by us.**

   如有任何失誤，我們將贈送 $300 元的儲值額。

類型4 表達「營業時間」&「價錢」 🎧 MP3 015

1. **The deadline for applying for the advertisement space is Wednesday, May 9.**

   申請廣告版面的截止日期是 5 月 9 日星期三。

2. **I've heard that they live on the 20% discount on the advertising we purchase.**

   我聽說他們會從我們購買廣告的花費中抽取 20% 的費用。

3. **Hours of operation:**
   Monday — Friday: 11 A.M. ~ 9 P.M.
   Saturday: 11 A.M. ~ Midnight

Sunday: CLOSED

營業時間：星期一到星期五，早上 11:00 到晚上 9:00。

星期六早上 11:00 到午夜。

星期日休息。

4　**Sunday hours extended during special sale**
　　Regular Sunday hours are 10-5.

拍賣期間星期天營業時間延長

周日正常營業時間為 10 點到 5 點。

5　**We'll be happy to arrange a viewing at your convenience,**
　　Tuesday—Friday 10 a.m. ~ 3 p.m.

我們將在週二到週五早上十點到下午三點間配合您方便的時段安排觀看檢視。

 類型 5 表達「額外優惠或好處」 🔘 MP3 016

1　**To obtain four free trial issues, call 800-383-6752.**

想得到四期的免費試閱，請來電 800-383-6752。

2　**END-OF-YEAR SALE 80% OFF.**

年末清倉兩折。

3　**For a week, get great savings on all new summer clothing**
　　collection of famous brand names.

整整一週，您可以省下大筆金錢買到名牌的所有新款夏季服飾。

4　**Buy 2 get 1 free.**

買二送一。

5　**First time guests that book online before October 10 receive**
　　20% off the standard room rate.

在 10 月 10 日前首度上網預約的貴賓可以享有標準房 8 折的優惠。

6　**Golden chance can never be found.**

機不可失。

7　**Present this ad during the week March 5 to receive an additional**
　　20% off one item!

在 3 月 5 日當週拿著這張廣告，一樣品項可再享 8 折優惠。

8 A two-year subscription comes with online access to world stock market reports updated daily at www.tcu.com.

訂閱二年可以在 www.tcu.com 查閱每日線上最新的世界股市報導。

9 Registration is free for local businesses that register by April 1st. All other registrants must pay a $600 fee.

4 月 1 日前本地業者報名免費。其他報名者需付 600 元費用。

類型 6 介紹廣告制度與部門 🔊 MP3 017

1 There are three main sections in our agency: the design department, the media department and the client service department.

我們公司有三個主要部門：廣告製作部、媒體宣傳部和客戶服務部。

2 Every media has its own characteristic.

每種媒體都有它自身的特性。

3 The media department advises and plans which newspapers, magazines or television stations a client should use.

媒體宣傳部負責向客戶建議和策劃在哪家報紙、雜誌或電視台刊登廣告。

4 You'll find the copywriter and artists who actually create the ads in the design department.

你可以在廣告製作部看到實際為顧客製作廣告的廣告撰稿人和美工。

5 We regard the client service department as the bridge between the agency and the client.

我們把客戶服務部看作公司和客戶間的一座橋樑。

6 We can make advertisements in some popular newspapers and remember to keep good records of where you are getting orders from, so we can know which advertisements are the most effective.

我們可以在一些受歡迎的報紙上登廣告並記錄好是從哪些地方得到的訂單，如此一來我們就可知哪種廣告最有效。

1. **Basically, the frequency you have for your ads is more important than the specification of your ads.**
基本上，廣告次數比廣告規格更重要。

2. **We set up a small-scale trial in the south of Taiwan.**
我們在台灣南部進行了一次小型的測試。

3. **Most advertisements make the product seem much better than it really is.**
大多數的廣告會使產品顯得比實際上的好得多。

4. **The nature of advertising is to present the ideal regarding the product and raise the desire for that product in the mind of the customers.**
廣告的本質就是要展現產品最理想的一面以引起消費者購買的欲望。

5. **The product is usually not as good as the advertisement described.**
產品通常不如廣告所描述的一樣好。

6. **People have learned not to trust everything that the advertisement says.**
人們已了解到不可相信廣告所說的每一件事。

7. **We can't avoid seeing, hearing or touching these ads every day.**
我們每天不能避免看見、聽見或觸摸到廣告。

8. **I can't imagine what life would be like without advertising.**
我很難想像生活中如果沒有廣告會變成什麼樣子。

9. **Newspapers are the oldest advertising medium in the United States.**
報紙是美國歷史最悠久的廣告媒介。

10 **To some extent, advertisements on TV are more effective than those in magazines.**
在某些程度上，電視上的廣告要比雜誌上的廣告更加有效。

11 **We can start out with small newspaper ads.**
我們可以先在報紙上打小型的廣告。

12 **The success of the advertising seems to be proven by measureable increase in sales.**
廣告是否成功可以從銷售額的增長幅度來判斷衡量。

13 **Be sure to be clear about where you get the orders so that we may predict which type of advertisement is most effective.**
一定要弄清楚你是從哪裡得到的訂單，如此我們就可以知道那類廣告最有效了。

14 **I plan to put together two 20 second prime time TV commercials.**
我打算做兩個 20 秒的電視廣告在黃金時段播出。

類型 8 **廣告的「功用」** 　🔘 MP3 019

1 **The repetition of commercials will help make our products well-known and build strong brand positions.**
廣告的反覆播放有助於提升我們產品的知名度，並能建立強大的品牌地位。

2 **Advertising has an important part to play in product promotion.**
廣告對於產品促銷很重要。

3 **Many psychological factors should be considered in advertising.**
製作廣告要考慮許多心理因素。

4 **Advertising is an essential part of the entire process of marketing.**
廣告是整個行銷過程中一個相當重要的部分。

5 **Advertising can help build product recognition, but the product itself builds image.**
廣告雖能幫助識別產品，但是產品本身才能樹立形象。

6 **Good advertising is vital to call attention to a product and introduce new products.**
好的廣告對於喚起人們對產品的注意和介紹新的產品是非常重要的。

7. **Radio advertising can be used for national and local campaigns.**
無線電廣播廣告可用於全國或地方性的宣傳活動。

8. **Advertising is often used to obtain leads that are followed up by either salesmen or sales literature.**
廣告通常用來和顧客取得初步接觸，後續則是推銷人員或促銷印刷品。

9. **Spot commercials or brief sales messages on a local station are used to strengthen the advertiser's sales effort in a specific area.**
地方廣播電台播出的商業廣告或商品簡訊有助於加強廣告客戶在某一特定地區的商品銷售能力。

10. **Our main goal is to establish brand awareness among our target audience.**
我們的主要目標是在目標顧客中建立起品牌的知名度。

11. **Advertising is indispensable as it does serve to tell us about products that may improve our lives.**
廣告是不可或缺的，因為我們的確能從廣告中了解到一些可以改善我們生活的新產品。

12. **Without advertising, how else would we know about the new products?**
沒有廣告，我們要如何了解新產品呢？

13. **Image advertisement has been widely applied by many business entities to promote sales of their goods and services.**
許多企業一直以來都廣泛運用形象廣告來促進他們產品和服務的銷售。

14. **Advertisements are a way to inform people of a product.**
廣告是向人們宣傳一項產品的手段。

15. **Advertisements put the product or the company into the mind of the consumers.**
廣告能夠使消費者牢記產品和公司。

16. **The simple good timing of placement of an ad may attract potential customer's attention.**
適宜的廣告時機和宣傳地點可以吸引潛在消費者的注意。

17 **I propose that the main goal of advertisement is to convince us to buy things that we do not need.**

我主張廣告的主要目的在於說服我們買一些我們不需要的東西。

18 **Advertising was originally designed to showcase products and inform us as to how they can improve our lives.**

廣告最初用來宣傳產品並告訴人們這些產品如何能改善我們的生活。

類型 9 廣告的「優、缺點」　🔊 MP3 020

1 **Advertising is more helpful than harmful and it does succeed in helping us to learn about new products that may improve our lives.**

廣告利大於弊，它的確能幫助我們了解可以改善我們生活的新產品。

2 **Advertisements are informative, though we can't deny that they might mislead sometimes.**

雖然我們不能否認廣告有時會誤導我們，但是它們能告知我們某些訊息資訊。

3 **TV advertising has the benefit of offering commercial businesses a captive audience for display of their wares.**

電視廣告有為企業提供受制觀眾，以便於他們展示自家商品的優勢。

4 **Some people believe the negative effects of advertising outweigh the positive effects.**

有些人認為廣告的負面影響勝過其正面的影響。

5 **Nowadays, a large amount of advertising is aimed at children.**

今日，有大量的廣告以小孩為目標。

6 **Some people think this ad has lots of negative effects on children and should be banned.**

有些人認為這則廣告會對小孩有負面的影響，所以應被禁止。

7 **Some people believe that advertising fosters unnecessary needs, while others hold a positive view.**

有些人認為廣告助長了不必要的需求，但其他人則持相反的觀點。

8 **Advertising preys on our basal emotions, conjuring strong relationships between our primary drives and their product names or logos.**

廣告侵奪我們的基本情感，在我們的原始本能需求和他們的產品名或商標之間如變戲法般地建構起強烈的聯繫。

類型 10 廣告的影響　　◎ MP3 021

1 **It's true that advertising determined the sales rate.**
廣告確實決定銷售率。

2 **We plan to use the media mix to reach our target market.**
我們計畫用媒體組合來打入目標市場。

3 **It is very useful to run billboards and print ads to help create brand recognition.**
同時刊登戶外廣告和平面廣告來幫助建立品牌識別是很有用的。

4 **The cultural and historical basis may lead to the difference in advertising.**
文化和歷史背景會造成廣告效果的差異。

5 **The simple sighting of a product in an ad may arouse the sudden irrepressible desire to have the product.**
僅在廣告上看見產品就可能使人瞬間產生出一種抑制不住的購買慾望。

6 **Advertisement, compared to other product promotion methods, have become more prevalent in large and small cities.**
與其他的產品促銷方式相比，廣告已經在大大小小的城市中變得越來越盛行。

7 **Although consumers may not actually need the product, they would often make impulsive purchasing decisions after they watch the advertisement.**
僅管消費者可能不是真的需要該產品，但是在看了廣告後常會做出衝動的購買決定。

8 **Some people believe that the personality and thinking pattern of a person can be a dominant factor, outweighing the influence of advertising, to determine one's way of behavior, including shopping habits.**
有些人認為，個性和思維模式在決定一個人的行為模式（包括購買習慣）時，超越廣告之影響。

9. **Most ads draw us in and make us think that we can be better and more beautiful if we have the product.**

大部分廣告吸引我們並且使我們相信如果擁有這個產品我們會變的更好、更漂亮。

10. **Advertisements feed on our insecurities and often successfully convince us that we have no value to society without their product.**

廣告利用我們的不安全感，而且經常成功地使我們相信如果沒有他們的產品，對社會而言我們就沒有價值。

11. **In addition to being manipulative, advertisements also fill our environments and our consciousness.**

廣告除了具有控制力之外，還充斥著我們周圍的環境和我們的思想。

12. **Advertising also has an indirect impact on improving our lives.**

廣告也間接地改善我們的生活。

Part 3　聽力順風耳

　　廣告主題的「聽力訓練」可說是非常重要。不論在電視、廣播或是網路上的廣告無時無刻地出現在我們的生活中，而且其播放速度極為快速。另外，讀者若是去考「多益」，或任何其他的英檢聽力，如全民英檢、雅思、托福等都有「廣告」內容的出現，所以其重要性就不徨多論了。

　　在單元開始之前我們先來把聽力的小技巧複習一下。

12 個聽力技巧

技巧 1　要聽主旨

◉ 通常在一開頭的前一或二句，以名詞、動詞為主。

技巧 2　要聽每句的「重音字」

◉ 也就是四人詞性：動詞、名詞、形容詞、副詞

技巧 3　注意特別字

❏ **interested** 感興趣的
❏ **impressed** 有印象的
❏ **amused** 覺得有趣的
❏ **excited** 興奮的
❏ **amazing** 令人驚訝的

❏ **important** 重要的
❏ **just remember** 一定要記住
❏ **and again** 再說一次
❏ **special feature** 特色

技巧 4　注意「因果」的字眼

因 **because, as, since, because of, due to, owing to, the reason is**
果 **as a result, consequently, therefore, thus, hence, so**

技巧 5　注意「強烈字眼」

最常見的字眼如下：

❏ **certainly / absolutely / definitely / indeed / of course / surely**
  當然／絕對／的確

❏ **no doubt** 無疑地

❏ **confidently** 確信地

❏ **especially / particularly** 特別地

❏ **significantly / most importantly** 最重要地

❏ **pay special attention to** 特別注意

❏ **make sure to** 一定要

❏ **above all** 首要的是

↻ 技巧 6 注意「否定字」

最常見的字眼如下：

❏ **no / not** 不

❏ **never / on no account / in no way / under no circumstance** 絕不

❏ **seldom** 不常

❏ **no longer** 不再

❏ **nor** 兩者皆不

❏ **hardly / barely** 幾乎不

↻ 技巧 7 注意「附加字眼」

❏ **also / as well / too** 也

❏ **furthermore / moreover** 再者

❏ **besides / in addition to** 除此之外

↻ 技巧 8 注意「獨一性」

❏ **only** 僅

❏ **uniquely** 獨特地

❏ **exclusively** 獨一地

↻ 技巧 9 注意「原級、比較級、最高級」

❏ **as ~ as** 和～一樣

❏ 單音節形容詞 + **er**

❏ **more** + 多音節形容詞
❏ **the** + 單音節形容詞 + **est**
❏ **the most** + 多音節形容詞

🔄 技巧 10　注意「轉折字眼」
❏ **but** 但是
❏ **in contrast / on the contrary** 相反地
❏ **however / while** 然而
❏ **unless** 除非
❏ **on the other hand** 另一方面
❏ **fortunately** 幸運地
❏ **rather than / other than** 而不是
❏ **instead of** 替代

🔄 技巧 11　注意「特殊句型」
❏ **not A but B** 不是 A 而是 B
❏ **too ~ to** 太～不能～
❏ **so that** 以便（表目的）
❏ **so ~ that** 如此～以致於
❏ **not ~ until** 直到～才
❏ **so** + 倒裝句 **that** + 主詞 + 動詞　如此～以致於
❏ **not ~ without ~** 沒有～就不能～

🔄 技巧 12　注意「事實」字眼：
❏ **in fact / in reality / as a matter of fact** 事實上
❏ **actually** 實際上

🎙 聽出廣告要素

而針對本單元，要特別聽出廣告中的以下元素：
▶ 產品名稱

◐ 該產品特色：feature / trait / character / characteristic

◐ 使用該產品的好處、優點

◐ 優惠專案與時效

◐ 價錢

◐ 聯繫方式

◐ 如何購買

◐ 和相似產品的比較

🎧 聽力演練

🎧✎ 聽力演練 1 聽聽看，試選答案！　🎵 MP3 022

___ ① What would be one good reason to get this product?

　　(A) It runs on batteries.

　　(B) It makes long distance phone calls for you.

　　(C) It will update your files on the computer.

　　(D) It makes the Internet available without a PC.

___ ② What is meant by "Risk-Free"?

　　(A) You don't have to pay within thirty days.

　　(B) You get your money back in thirty days if you don't like it.

　　(C) You don't have to learn how to use it.

　　(D) You won't get cancer from radiation.

___ ③ What is NOT mentioned in the advertisement as one function of this product?

　　(A) Getting kitchen appliances for you.

　　(B) Receiving weather reports.

　　(C) Connecting you with friends.

　　(D) Getting stock information.

_____ ④ According to this advertisement, how big is the "Eye-Opener" ?

(A) Larger than a PC.

(B) As big as a laptop.

(C) It can fit on your kitchen counter.

(D) It can fit in your hand.

解答

① (D)　② (B)　③ (A)　④ (C)

錄音內容

看看你的問題在哪裡：請搭配 MP3 跟讀，並注意發音、連音、速度、語調、語氣、重音字。

Questions 1-4 refer to the following advertisement:

KEEP IN TOUCH WITH YOUR FAMILY—Fam-plaince will help you do it!

Fam-plaince has developed the "Eye-Opener," which is a unique way to connect to the Internet without a PC. This "Eye-Opener" will change your life! You can be connected to families and friends through e-mail, or even get the weather or a stock report! The "Eye-Opener" is decorative and small—it could fit on your kitchen counter and remain on all day with easy access to all the important things in your life! The "Eye-Opener" requires no long-term contracts and you have our 30-day "No risk" money back guarantee. Contact Fam-plaince at our toll-free number 803-238-3749 today!

錄音中譯

和你的家人保持聯繫。──「家務事柔順幫手」能幫助你！

「家務事柔順幫手」已研發出獨一無二的「大開眼界」來幫助您在不需要使用個人電腦的情況下連上網際網路。「大開眼界」將會改變您的生活！您可以透過電子郵件和家人朋友聯繫，甚至可以收看氣象或股市報導。「大開眼界」好看又不佔空間──它可以放在廚房的流理台上全天開著，讓您輕輕鬆鬆處理日常生活重要事情！使用「大開眼界」不需要簽長期合約，您還享有三十天「無風險」的保證退費期限。今天就請打

我們的免付費電話 803-238-3749 與「家務事柔順幫手」聯絡！

題目 & 選項中譯

① 什麼是購買此產品的一個好理由？

　　(A) 它靠電池運作。

　　(B) 它能為你撥長途電話。

　　(C) 它會幫你更新電腦裡的檔案。

　　(D) 不必用個人電腦就能靠它連上網際網路。

② 「無風險」指的是什麼？

　　(A) 你不須在三十天內付款。

　　(B) 若你不喜歡它可在三十天內退費。

　　(C) 你無需學習如何使用它。

　　(D) 你不會因輻射而致癌。

③ 廣告中未提到此產品的哪一項功能？

　　(A) 幫你購置廚房用具。

　　(B) 接收氣象報告。

　　(C) 讓您和朋友連繫。

　　(D) 獲得股市資訊。

④ 根據廣告，「大開眼界」有多大？

　　(A) 比一台個人電腦大。

　　(B) 與膝上型電腦一樣大。

　　(C) 它能放在廚房流理台上。

　　(D) 它能放在你的手掌上。

🎧✎ 聽力演練 2　聽聽看，試選答案！　🎵 MP3 023

____ ① According to the advertisement, what happens to your teeth as you get older?

　　(A) They become whiter.

　　(B) They become less shiny.

　　(C) They become fragile.

　　(D) They become potent.

___ ② What makes White-a-Smile so effective?

    (A) It has a 100% guarantee.

    (B) It contains the only ingredient proven to whiten teeth.

    (C) It is risk-free.

    (D) It is revolutionary.

___ ③ Who would be most likely to buy this product?

    (A) People who are concerned about their own health.

    (B) People who don't like to brush their teeth.

    (C) People who want to improve their smile.

    (D) People who need a satisfaction guarantee.

解答

① (B)　② (B)　③ (C)

錄音內容

Questions 1-3 refer to the following advertisement:

White-a-Smile Gives You the Most Beautiful Smile

Having a confident, bright smile makes any face light up. Most teeth, however, become yellow over time and lose their shine. Now here is a safe and 100% guaranteed method of whitening your teeth in the comfort of your own home. Try our revolutionary White-a-Smile! Its high-potency Carbamide Peroxide compound is the only ingredient proven to whiten teeth. If you don't see results in ten days, just send it back and get a full refund. Call our toll free number now and have an experienced operator assist you with your order.

錄音中譯

「潔白的微笑」給您最亮麗的微笑

擁有自信燦爛的微笑能讓任何一張臉龐更有光采。然而大多數人的牙齒卻會隨著年齡增長而變黃，失去原本的光澤。現在有個安全且百分之百有效的方法能讓您輕鬆地在自家潔白您的牙齒。試試我們具革命性的「潔白的微笑」！它的強力氨基甲過氧化氫

漂白化合物是唯一經證實有潔齒效果的成分。若在十天內看不見成果，請將它寄回，您將得到全額退款。現在就撥我們的免費電話，會有經驗豐富的服務人員協助您訂購。

題目 & 選項中譯

① 根據本廣告，隨著年紀增長，你的牙齒會如何？
　　(A) 它們會變得比較白。
　　(B) 它們會變得比較不光亮。
　　(C) 它們會變脆弱。
　　(D) 它們會變得強而有力。

② 是什麼讓「潔白的微笑」這麼有效？
　　(A) 它有百分之百保證。
　　(B) 它含有唯一經證實能潔白牙齒的成分。
　　(C) 它是無風險的。
　　(D) 它具有革命性。

③ 什麼人最可能會購買這項產品？
　　(A) 擔心自己身體健康的人。
　　(B) 不喜歡刷牙的人。
　　(C) 想改善微笑的人。
　　(D) 需要得到滿意保證的人。

🎧✎ 聽力演練 3 聽聽看，試選答案！ 💿 MP3 024

___ ① When will the new microprocessor be available to the public?
　　(A) In 3 months.
　　(B) Before Christmas.
　　(C) Within 30 days.
　　(D) In five years.

___ ② How much will the new chips cost?
　　(A) One-half the cost of the Pentium 3.
　　(B) Double the cost of the Pentium 3.

(C) 1/4 the cost of the Pentium 3.

(D) 4 times the cost of the Pentium 3.

___ ③ Whom does this advertisement target?

(A) Those who want to increase the speed of their computers.

(B) Those who want to pay more than double the price.

(C) Those who want a wonderful Christmas.

(D) Those who don't have a computer.

___ ④ What is the selling point of the Pentium IV?

(A) Its big size.

(B) Its heavy weight.

(C) Its fast speed.

(D) Its low price.

解答

① (B)　② (B)　③ (A)　④ (C)

錄音內容

Questions 1-4 refer to the following advertisement:

Pentium IV

Coming to the Store Near You!

Intel had created the Pentium IV, which in and of itself proves there is a need for speed. If it's speed you're after, you may be tempted by the first completely redesigned consumer microprocessor in five years. It should be on your local computer store shelves sometime before Christmas. It can run at 1.4 gigahertz, which is 30 percent faster than its fastest competitors. The new chips will be more than double the price of the Pentium 3 but only one-half the size. If it's speed you want, get Pentium IV.

錄音中譯

奔騰四代

即將在您附近的商店販售

英特爾公司已創造了奔騰四代，這項產品本身即是人們對速度的需求之最佳見證。如果您追求的是速度，那您就會被這個五年內首次完全重新設計的消費型微處理器所吸引。它應該會在聖誕節之前在您家附近的電腦商店上架販售。它的速度高達 1.4giga 赫茲，比其他最快速的競爭對手還快上百分之三十。這個新晶片的價錢會是奔騰三代的兩倍，但是體積卻只有奔騰三代的一半。如果你追求的是速度，那就選購奔騰四代吧！

題目 & 選項中譯

① 這個新型微處理器會在何時上市？

(A) 三個月後。

(B) 聖誕節之前。

(C) 三十天之內。

(D) 五年之後。

② 這新晶片會有多貴？

(A) 奔騰三代的半價。

(B) 奔騰三代的兩倍。

(C) 奔騰三代的四分之一的價錢。

(D) 奔騰三代的四倍價錢。

③ 這篇廣告鎖定的目標是什麼人？

(A) 想要增快電腦速度的人。

(B) 想要付兩倍以上價錢的人。

(C) 想要過很棒的聖誕節的人。

(D) 沒有電腦的人。

④ 奔騰四代的賣點為何？

(A) 它的體積龐大。

(B) 它的重量重。

(C) 它的速度快。

(D) 它的價格低廉。

聽力小幫手

● 表廣告產品的必用「形容詞」、「副詞」 🔘 MP3 025

❑ **super** 極佳的	❑ **definite** 限定的
❑ **fantastic** 好極了的	❑ **unrivaled** 無可比擬的
❑ **fascinating** 極吸引人的	❑ **strictly** 嚴謹地
❑ **gorgeous** 華麗的	❑ **limited** 有限的
❑ **terrific** 好極了的	❑ **generously** 大方地
❑ **exciting** 令人興奮的	❑ **specialized** 專業的
❑ **irresistible** 令人無法抗拒的	❑ **negotiable** 可協商的
❑ **marvelous** 極佳的	❑ **additional** 額外的
❑ **incredible** 令人不可置信的	❑ **contemporary** 當代的
❑ **awesome** 很棒的	❑ **magnificent** 壯觀的
❑ **wonderful** 好極了的	❑ **promotional** 促銷的
❑ **conveniently** 方便地	❑ **diverse** 多樣的
❑ **maximum** 最大的	❑ **reasonable** 合理的
❑ **advanced** 先進的	❑ **novelty** 新奇的
❑ **expert** 熟練的	❑ **profitably** 有獲利地
❑ **stylish** 時髦的	❑ **advanced** 高級的
❑ **productive** 豐碩的	❑ **personalized** 客製的
❑ **premier** 首要的	❑ **unbeatable** 無敵的
❑ **authoritative** 權威的	❑ **leading** 主要的
❑ **current** 現今的	❑ **primary** 首要的
❑ **prevalent** 盛行的	❑ **trustworthy** 值得信賴的
❑ **impulsive** 衝動的	❑ **reliable** 可靠的
❑ **extravagant** 奢侈的	❑ **growing** 正在成長的
❑ **significant** 重要的	❑ **professional** 專業的
❑ **stunning** 絕美的	❑ **unique** 獨特的
❑ **reputable** 聲譽好的	❑ **multiple** 多重的
❑ **proud** 驕傲的	❑ **specific** 特定的
❑ **outstanding** 突出的	❑ **complimentary** 贈送的
❑ **exclusive** 獨家的	

❏ **purchase** 購買	❏ **deem** 認為
❏ **increase** 增加	❏ **show off** 炫耀
❏ **trust** 信任	❏ **fill up** 裝滿
❏ **splurge** 揮霍	❏ **further** 助長
❏ **distinguish / differentiate / discern** 辨別	❏ **feature** 以～為特色
❏ **insure** 確保	❏ **experience** 體驗
❏ **pick out** 辨別	❏ **count on** 信賴
❏ **utilize** 利用	❏ **offer** 提供
❏ **consist of ~** 由～組成	❏ **match** 相配
❏ **personalize** 個人化	❏ **cover** 報導
❏ **tailor** 使合適	❏ **broadcast** 廣播
❏ **own** 擁有	❏ **forward** 轉寄
❏ **serve** 適用	❏ **issue** 發佈
❏ **aim to ~** 致力於～	❏ **pertain** 有關
❏ **guarantee** 保證	❏ **involve** 涉及

● 表廣告產品的必用「名詞」 🔊 MP3 027

❏ **access** 使用	❏ **reliability** 可靠性
❏ **reputation** 名譽	❏ **traceability** 可追蹤性
❏ **subscription** 訂閱	❏ **collection** 收藏品
❏ **technology** 科技	❏ **guarantee** 保證
❏ **trend** 潮流	❏ **advantage** 優點
❏ **trial** 試用	❏ **masterpiece** 傑作
❏ **source** 來源	❏ **satisfaction** 滿意
❏ **proliferation** 激增	❏ **flexibility** 彈性
❏ **mentality** 心態	❏ **diversity** 多樣化
❏ **way of thinking** 思考方式	❏ **value** 價值
❏ **priority** 優先權	❏ **professional** 專家
❏ **distribution** 銷售；分佈	❏ **outcome** 成果
❏ **dedication** 奉獻	❏ **highlight** 最精采的部份
❏ **climate** 趨勢	❏ **reservation** 預約

一、廣告主題在「國內各項考試」的重要性

　　「廣告」這個主題除了在職場上、生活上與我們每個人有密不可分的關係之外，在幾乎所有國內的各種重要考試中都扮演著極重要的角色—比例很重，如「公職」（高普考）、「特考」（外文／調查／新聞／移民）、「國營考試」（中華電信、中華郵政）等，甚至「研究所」考試。至於在台灣許多公司行號要求員工或應徵者必須考的「多益」測驗中，廣告更是一大要角。

　　廣告這個主題在以上的考試中，最常出現在克漏、閱讀，或是翻譯等單元中。本書特別將「實用性」延展到與讀者相關的各大考試內容。本書不講理論，而著重「實務面」，故 Part 4 會先以「真題呈現」。建議讀者在研讀時可依如下次序：

① 先試做考題一次（不可看中譯及解答）。
② 對答案，看看自己的問題在哪裡。
③ 將不會的地方，對照「破題大法」，找出自己的問題，成為考試達人。
④ 最後對照中譯，並將不熟悉但重要的單字、片語、句型一一消化。（因為相同的字、句、詞會在不同的考試中，以不同的方式重新呈現。）
⑤ 再考自己一次看有否進步。

二、廣告主題在「留學考試」的重要性

　　正如作者在前面所提，廣告在任何考試中無所不在，而在留學考試中亦是熟面孔，包括去美國唸書要考的托福 TOFEL iBT，唸碩士班要考的 GRE，唸商的同學要考的 GMAT，以及去英國留學要考的 IELTS 等。此單元的目的即在應證廣告內容無所不在，而更重要的是讀者可利用 Part1 及 Part2 的寶貴內容運用在各類考試中。若讀者能夠養成閱讀、寫作、口說一體的概念，效果將更彰顯。

Advertising is ①_____ —television, newspapers, magazines, the Internet, the sides of buses and trains, highway billboards, T-shirts, sports arenas, and even license plates. It is the diving force of our ②_____ economy, accounting ③_____ 150 billion dollars ④_____ commercials and prints ads each year (more than the gross national product of many countries in the world), and filling a quarter of each television hour and ⑤_____ most newspapers and magazines. It is everywhere people are, and its appeal goes to the ⑥_____ of our fantasies: happiness, material wealth, eternal youth, social acceptance, sexual fulfillment, and power. Through carefully ⑦_____ images and words, it is the most ⑧_____ form of persuasion in America, and, perhaps, the single most significant manufacturer of meaning in our consumer society. And many of us are not ⑨_____ its astounding influence ⑩_____ our lives.

① (A) everywhere   (B) somewhere   (C) anywhere   (D) nowhere

② (A) consumer   (B) consumptive   (C) consumption   (D) consume

③ (A) with   (B) for   (C) to   (D) by

④ (A) worth of   (B) worthy of   (C) worthful of   (D) worthwhile of

⑤ (A) the number of   (B) the numbers of   (C) the bulk of   (D) a bulk of

⑥ (A) wall   (B) route   (C) good   (D) quick

⑦ (A) select   (B) selecting   (C) selected   (D) being selected

⑧ (A) perverse   (B) pervasive   (C) pervasion   (D) perversive

⑨ (A) aware   (B) aware that   (C) aware with   (D) aware of

⑩ (A) to   (B) for   (C) on   (D) with

（100 年輔仁大學研究所試題）

解答

① (A)   ② (A)   ③ (B)   ④ (A)   ⑤ (D)   ⑥ (B)   ⑦ (C)   ⑧ (B)   ⑨ (D)   ⑩ (C)

廣告無所不在——電視、報紙、雜誌、網路、公車及火車的兩側、高速公路旁的大型廣告看板、運動衫、運動比賽場，甚至是在牌照上。這是我們消費者經濟的驅動力，每年有一兆五百億元產值的廣告和印刷費（高於世界上許多國家的國民生產總值），並占了四分之一的電視時間和大篇幅的報紙和雜誌。廣告無所不在，並迎合我們的幻想：快樂、物質財富、永恆的青春、社會認同、性滿足及權力。經由謹慎挑選的圖像和文字，廣告為美國最普遍的說服形式，也許也是我們消費經濟中單一最重要的意義製造者。而大多數的人並未察覺廣告在我們生活上驚人的影響力。

① (A) 到處　　　　(B) 某處　　　　　(C) 任何地方　　　(D) 沒地方
② (A) 消費者　　　(B) 消費的　　　　(C) 消費 (n.)　　　(D) 消費 (v.)
③ (A) 和　　　　　(B) 為了　　　　　(C) 去　　　　　　(D) 藉由
④ (A) 值……的　　(B) 值得……的　　(C) 無此字　　　　(D) 值得……的
⑤ (A) ……的數目 (B) ……的數目（複數）(C) ……的大量　(D) 大量……的
⑥ (A) 牆　　　　　(B) 路線　　　　　(C) 好的　　　　　(D) 快的
⑦ (A) 選擇　　　　(B) 正選擇　　　　(C) 選擇過的　　　(D) 正在被選擇
⑧ (A) 乖戾的　　　(B) 普遍的　　　　(C) 普及　　　　　(D) 曲解的
⑨ (A) 察覺 (adj.) (B) 察覺（that 後加 S+V）(C) 察覺（錯誤用法）(D) 察覺……
⑩ (A) 去　　　　　(B) 為了　　　　　(C) 在～之上　　　(D) 和

① 強調「無所不在」故選 (A)。(C)「任何地方」須用在 if 子句或疑問句中。
② 句意考複合名詞，consumer economy 消費者經濟，故選 (A)。
③ 用 accounting for 表「在數量上占……」。
④ 句意為「價值」，故選 (A) worth of。
⑤ 句意考「大量」故選 (D)。
⑥ 前後文有「朝向～走去」之意，故選 (B) route。
⑦ 句意為被動，故選過去分詞 (C) 選擇過的。
⑧ 本題考字形相似字。由於空格後為名詞，故應填入一形容詞。而依句意，正確形容詞為 (B) pervasive（普遍的）。
⑨ 考「察覺」的用法。空格後為名詞，故選 (D) be aware of。
⑩ 「對……有影響」在 influence 之後，應用介系詞 on。

Advertising is a funny thing. We tell it our dreams, we tell it what to say, but after a while it learns the message so well, it starts telling us.

What are we being told now? Simply that not only can we extend our life, we are required to. Nike, assuming responsibility for our physical and, by implications, our spiritual health, has raised the pitch of its admonitions, the newest campaign being "Just Do It." Bold type and bold people look up from the page or from their workouts and scold us for being our usual, sloppy selves. "Just Do It." We are warned, and as one of the players adds, "And it wouldn't hurt to stop eating like a pig, either." Ouch! Yes, ma'am.

We've asked for this, of course. Ever since the first jogger sprinted out the back door, we've been headed on a course past simple health and toward self-denial, asceticism, pain as pleasure. "Let's live forever," we say with no particular joy, and advertising couldn't agree more.

In this Era of Healthism, any marketer with his finger in the wind knows that Nike need not be alone in selling virtue of self-denial. "No Pain, No Gain" can now sell much more than workout gear.

___ ① The passage above is simply about
    (A) Nike.
    (B) healthism.
    (C) advertising.
    (D) life style.

___ ② The word "admonitions" (in line 5) means
    (A) warnings.
    (B) campaign.
    (C) implication.
    (D) responsibility.

_____ ③ The first three paragraphs suggest that

(A) the public enjoy the campaign "Just Do It."

(B) the public believe that pain and self-denial are good for them.

(C) Nike sports shoes ads show that pain and self-denial are good for the public.

(D) advertising has gotten out of hand and tells us how to live.

_____ ④ The passage maintains that "healthism"

(A) is sold mainly by Nike.

(B) is a popular new form of exercise.

(C) sells rather badly.

(D) sells the concept of self-denial.

_____ ⑤ The article suggests that in "the Era of Healthism" we are told that

(A) we should not scold ourselves for being sloppy.

(B) we cannot avoid hurting ourselves.

(C) we should buy only Nike products.

(D) we not only can but must live longer and try harder.

（台北市立教育大學 90 年研究所英文試題）

解答

① (C)　② (A)　③ (D)　④ (D)　⑤ (D)

中譯

　　廣告是件好玩的事。我們告訴它我們的夢想，告訴它該傳遞何種訊息，但沒多久後，它就非常了解我們所傳達的訊息，於是它就開始告訴我們。

　　現今的廣告在告訴我們什麼？簡單說，它不僅告訴我們可開創人生，而且還必須如此做。負責我們的身體健康並且用暗示的方法照顧我們心靈健康的「耐吉」大聲疾呼並推出最新的「做就對了。」的運動。這幾個粗體字和粗壯的人，從頁面或健身器材上向上看，似乎在責備我們總是過著懶散生活。「做就對了。」我們被警告，其中一位球員又加一句：「不要如豬一樣吃個不停，也不會怎樣。」噢，是的，女士。

　　當然，這是我們自找的。自從第一個慢跑選手從後門飛奔出來後，我們就一直朝著這樣的路線前進，和簡單保持健康的方式擦身而過，走向自我克制、禁慾，並把痛

苦當快樂。「讓我們長生不老吧。」我們說此句話時並沒有特別快樂，但廣告卻非常同意此種說法。

在這個崇尚健康的時代，任何能測知市場動向的商人皆知，並非只有「耐吉」在銷售自我克制的美德。「不勞則無獲」的口號，如今應會比健身器材推銷得更好。

① 以上文章是關於
  (A) 耐吉。
  (B) 健康主義。
  (C) 廣告。
  (D) 生活型態。

② 第五行中「告誡」指的是？
  (A) 警告。
  (B) 宣傳活動。
  (C) 暗示。
  (D) 責任。

③ 前三段暗示
  (A) 大眾很喜歡「做就對了。」的宣傳活動。
  (B) 大眾相信勞動和自制對他們是好的。
  (C) 耐吉運動鞋廣告顯示勞動和自制對大眾是好的。
  (D) 廣告已難以控制並告訴我們如何生活。

④ 本文認為「健康主義」
  (A) 主要是耐吉在販賣。
  (B) 是一種流行的運動新形式。
  (C) 銷售得很不好。
  (D) 推銷自制的概念。

⑤ 本文暗示在「崇尚健康的時代」我們被告知
  (A) 我們不應懶散而責備我們自己。
  (B) 我們不能避免傷害我們自己。
  (C) 我們應只買耐吉產品。
  (D) 我們不僅能而且必須活更久並更加努力。

① **extend** ⑩ 擴展

② **assume** ⑩ 承擔

③ **implication** ⑧ 暗示

④ **pitch** ⑧ 音高

⑤ **admonition** ⑧ 告誡

⑥ **campaign** ⑧ 運動

⑦ **sloppy** ⑱ 懶散的

⑧ **jogger** ⑧ 慢跑者

⑨ **sprint** ⑩ 衝刺

⑩ **self-denial** ⑧ 自制

⑪ **asceticism** ⑧ 禁慾主義

⑫ **virtue** ⑧ 美德

⑬ **gear** ⑧ 裝備

⑭ **concept** ⑧ 概念

⑮ **with one's finger in the wind** 測知風向

⑯ **out of hand** 無法控制

破題大法

① 題目中 simply about，考主旨，通常出現在文章的第一句或第二句。本文中第一句即看到 Advertising，故選 (C)。

② 考同義字，可用字首、字根猜解法。admonitions 字首為 ad「去」之意，字根 mon 為「勸告」，故選 (A) warnings。(若不會字首字根，可回到該句，看整句的句意來選答案。)

③ 考「前三段」的論點，故看第一、二、三段的頭、尾各一句。綜合各重點可知 (D) 為最佳選項。

④ 題目提到 healthism，即回文章中有該字的句子找答案：In this Era of Healthism, any marketer... knows that Nike need not be alone in selling virtue of self-denial.，與其有關的關鍵字為 self-denial，故選 (D)。

⑤ 題目中 in the Era of Healthism 在最後一段，第一句。注意，每段頭尾一句一定是重點，尤其本段為文章最後一段更是閱讀考點必讀之處。由最後一句中的 "No Pain, No Gain" 可推知，正確選項為 (D)。

✎ 真題演練 3　翻譯題

Advertising is one of our major industries, and advertising exists not to satisfy desires but to create them and to create them faster than any man's budget can satisfy them.

(成大 80)

廣告是我們的一項重要企業，而廣告的存在並非為了滿足慾望，而是為了製造慾望，且其製造慾望的速度要勝過人的荷包所能滿足慾望的速度。

句型分析

① 主詞 + be 動詞 + 主詞補語 + 對等連接詞 and + 主詞 + 動詞

② not to V but to V 不是去～而是去

③ 比較級 faster than 後面接〔主詞 + 動詞〕。

【註】翻譯是一浩大學問，本書由於篇幅的關係並未著墨在此部份，但廣告是很熱門的一大主題，故讀者請用閱讀方式來看真題演練（3）和（4）。

✎ 真題演練 4　翻譯題

A brilliant combination is style and sound. The zip-off sleeve polyester jacket serves as either a jacket or zip off the sleeves—a vest! There are outside compartments to hold your pocket tape player and cassette tapes. Slip on your jacket, adjust your headphones, and swing to the rhythm.

Walk, jog, bike in comfort and style … in stereo sound. Men's XS-S-M-L $21.80 (reg, $31.89). Sale thru Sunday.

中譯

　　這是造型與聲音的完美結合。這件袖子上加拉鏈的合成纖維夾克可以當夾克穿，而把袖子拿掉，就成了背心！外面有各別的口袋，您可以用來放袖珍型錄音機和錄音帶。穿上它，調整好耳機，隨著音樂節拍起舞吧！

　　不論散步、慢跑還是騎自行車，穿上它既舒適又時髦……還有立體音效。男士尺碼不論 XS、S、M、L 通通只要二十一塊八毛（原價：$31.89）。特價拍賣到週日截止。

【註】本單元以記關鍵字、詞為主，本題亦可當作廣告創造性文案練習範本。

● (A) 托福 TOFEL iBT 獨立寫作

Some people say that advertising encourage us to buy things we really do not need, others say that advertisements tell us about new products that may improve our lives. Which viewpoint do you agree with? Use specific reasons and examples to support your answer.

有些人認為廣告鼓勵我們購買我們不需要的東西，另外則有些人認為廣告告訴我們有關可以改善我們生活的新產品資訊。你同意何種觀點？請用明確的理由和例子來支持你的觀點。

● (B) GRE ISSUE 寫作

The purpose of many advertisements is to make consumers want to buy a product so that they will "be like" the person in the ad. This practice is effective because it not only sells products but also helps people feel better about themselves.

很多廣告的目的是要消費者去購買一件產品以使得消費者們「會像」廣告中的人物。這類的廣告很有效，因為它不僅是在銷售產品更是在幫助人們自我感覺更好。

● (C) GMAT ISSUE 寫作

① **"Whether promoting a product , an event, or a person, an advertising campaign is most effective when it appeals to emotion rather than to reason. "**

「當需要感情而不是理由的時候，不論是宣傳一個商品，一件事情還是一個人，廣告宣傳都是最有效的。」

② **"Government should place stricter limits on the ability of business to invade citizens' privacy through telemarketing, E-mail, advertising, collection of personal information on consumers, and so on, even if those limits affect businesses' profitability and competitiveness."**

「政府應該對企業利用電話行銷、電子郵件、廣告、消費者個人信息搜集之類的手法

侵犯市民隱私的行為做更嚴格的限制，哪怕這些限制會影響企業的利潤和競爭力。」

③ "All companies should invest heavily in advertising because high-quality advertising can sell almost any product or service. "

「所有的公司皆應大力投資廣告，因為高品質的廣告可以推銷幾乎所有的產品和服務。」

●（D）IELTS 寫作題目

International magazine, TV, media, the news media, have influence for our life, and this is negative development. Do you agree or disagree?

國際性雜誌、電視、媒體、新聞媒體影響我們的生活，而如此的發展是負面的。你同意與否？

閱讀小幫手

● 各大考試選答技巧與訊號字

以下為各大英文考試閱讀選答案的技巧，請熟讀之。讀者可以從所有文章或考題中來印證。

技巧1 文章開頭二句必考一題

▶ 主旨。

技巧2 每段必讀第一句，內容應與主旨一致、連貫。

技巧3 文章必讀最後一段最後一句

▶ 可考主旨或總結。

技巧4 注意文章中所有的訊號字：

舉例	for example, namely

附加	likewise, besides, also, furthermore
強調	above all, most of all, primarily, essentially
次序	first, next, finally, to begin with
對比	on the other hand, on the contrary
結論	in a word, we can conclude that, it can be seen that, as a result, consequently
因果	in order to, so that, in order that, with view to, for the purpose of
最高級	the most ＋多音節形容詞
強烈字	important, apparently, obviously
特別句型	1. A instead of / rather than / other than B ➡ A 代替 B 2. not A but B ➡ 不是 A 而是 B 3. 倒裝句 Not only（不僅）/ So ...（也）
後面解釋前面	means, meaning, that is, that is to say, namely
考代名詞	如 it, they（回該句找前面的名詞，注意單或複數。）
文章有特別符號	冒號 :、引號 " "、斜線 /、粗體字、斜體字、畫底線之處，通常都會有考點
定義	... stand for / represent ...
問題及解決方案	problem, difficulty; suggestion, solution
特殊數字、人名、日期	1978, July 5th, Martin Williams
排列組合 a, b, and c	通常考有提到的 (mentioned)，或除外 (except) 的題目。
相同處	be similar to, both, all, like, the same
差異處	different, contrary
轉折	unfortunately, while（對比）, whereas（對比），although, but, however
文章中有極端字眼要小心	only（僅），never

閱讀中"廣告"類考試最易提及的廣告概念及用語

廣告的好處 Benefits of Advertising

- ❏ **create a desire for a better living** 創造希望獲得更好生活的欲望
- ❏ **vary the attitudes of people** 改變民眾態度
- ❏ **launch a new product** 推出新產品
- ❏ **marketing of products and services** 推銷產品和服務
- ❏ **improve the sale of products** 改善產品銷售
- ❏ **emphasize the superiority of a new product** 強調新產品的優越性
- ❏ **enlisting new customers** 拓攬新顧客
- ❏ **hold on to the loyal customer** 留住忠實顧客
- ❏ **be faithful / loyal to the products** 對產品忠誠

勸服人購買產品的技巧

- ❏ **brand name** ⒩ 品牌效應
- ❏ **repetition** ⒩ 重複
- ❏ **expertise** ⒩ 專家鑑定
- ❏ **the camera never lies** 鏡頭不說謊
- ❏ **sense of guilt** 內疚感

使人重視～的用語

（A）引起某人注意
- ❏ **engage sb's notice**
- ❏ **come to sb's notice**
- ❏ **catch sb's attention**
- ❏ **take notice to sb of sth**
- ❏ **make sb pay attention to sth**
- ❏ **draw sth to sb's notice**
- ❏ **call sb's attention to sth**

➜ **His attention was engaged by the new talk show on the television.**
他的注意力被電視上新的談話節目所吸引住了。

(B) 突顯某物用語

❏ **highlight sth**

❏ **put sth in the primary position**

❏ **emphasize sth**

❏ **lay / place a great deal of emphasis on sth**

❏ **give priority to sth**

Part 5 〈加值！！〉職場實用篇

　　廣告口號之目的主要是為了要強化該廣告推銷之產品或其服務的印象，因此在廣告中常反覆廣告語。

　　廣告語言一定要有特色，包括簡單、易懂、簡短，便於記憶以及利於流傳。此即「三易」——易讀、易懂、易記，也就是說廣告不可晦暗不明，艱澀難懂。

　　廣告標語曾數次被國家級考試列為題目，要考生針對考卷中所設定的一件事情（題目）來創作標語口號，且分數頗重。另外，在職場生活中，處處皆是廣告、行銷，行行皆是「服務業」，所以每位讀者不但要學會欣賞廣告口號，最好能進一步的去試試創作廣告口號，絕對對本身的工作有加值加分的作用。

廣告標語

The milk chocolate melts in your mouth—not in your hand.
只融你口不融你手。（M & M's）

Every time a good time.
分分秒秒，開心愉快。（McDonald）

Because you're worth it.
因為你值得。（Lóreal）

The choice of a new generation.
新一代的選擇。（百事可樂）

Take time to indulge.
盡情享受吧！（雀巢冰淇淋）

Feel the new space.
感受新境界。（三星電子）

Just do it.
做就對了。（耐吉運動鞋）

The relentless pursuit of perfection.

不懈追求完美。（凌志轎車）

Obey your thirst.

服從你的渴望。（雪碧）

Intelligence everywhere.

智慧演繹，無所不在。（摩托羅拉手機）

Make it a reality in less than a year!

不要一年即可實現夢想！（教育訓練課程）

It's all about the beer.

就是要海尼根。（Heineken）

Can't beat the real thing.

擋不住的誘惑。（COCA COLA）

Refreshment

心曠神怡（COCA COLA）

My goodness! My Guinness!

吉凡斯啤酒，爽到骨子裡！（Guinness）

Good to the last drop.

滴滴香濃，意猶未盡。（麥斯威爾咖啡）

Ask for more.

渴望無限。（Pepsi）

Take TOSHIBA, take the world.

擁有東芝，擁有世界。（東芝電子）

Poetry in motion, dancing close to me.

動態的詩，向我舞近。（豐田汽車）

The new digital era.

數碼新時代。（索尼影碟機）

The taste is great.

味道好極了。（雀巢咖啡）

📢 有些廣告標語常偏離原文的「字面」之意，為原文之「延伸」。

It happens at the Hilton.

希爾頓酒店有求必應。

A great way to fly.

飛越萬里，超越一切。

London never sleeps.

倫敦是座不夜城。

Years from now you'll still be glad you chose Olympia today.

奧林匹亞相機任憑歲月流逝，選擇永不過時。（Olympia 相機）

We integrate, you communicate.

我們集大成，你超越自己。（三菱電工）

Let's make things better.

讓我們把事情做得更好。（飛利浦電子）

Come to where the flavor is Marlboro Country.

光臨風韻之境—萬寶路世界。（萬寶路香菸）

To me, the past is black and white, but the future is always color.

對我而言，過去平淡無奇；而未來，都是絢爛繽紛。（軒尼詩酒）

UPS. On time, every time.

UPS 準時可靠。（UPS 快遞服務）

Make time for TIME

再忙也該抽空看看《時代雜誌》（*TIME*）

Unlike me, my Rolex never needs a rest.

我需要休息，但我的勞力士分分秒秒都在工作。（Rolex）

No problem too large. No business too small.
再大的困難我們都能對付，再小的生意我們都願打理。（IBM）

A Kodak Moment.
就在柯達這一刻。（Kodak）

We lead. Others copy.
我們領先，他人仿效。（Xerox）

Connecting people
連接人與人之間的關係（Nokia）

Intel Inside
給電腦一顆奔騰的「芯」。（Intel）

In touch with tomorrow.
明日新境界。（Toshiba）

Where there is a way, there is a Toyota.
有路就有豐田汽車。（Toyota）

Kodak is Olympic color.
柯達，奧林匹克的色彩。（Kodak）

Nokia: Human technology.
諾基亞，科技以人為本。（Nokia）

Coke adds life.
可口可樂為你的生活增添光彩。（可口可樂）

Changes for the Better.
改變為了更好。（三菱電機）

Change the way you see the world.
改變你看世界的方式。（Eva Air）

Arrive Hydrated.
極致保濕，水潤抵達。（LA MER 海洋拉那保養品）

Never look your age again.

看起來不像實際年齡。（LA PRAZRIE 保養品）

It's time to change!

該是改變的時候了。（moog 手錶）

Today, tomorrow, for a lifetime.

今日，明日，持續一生。（LA MER）

Good morning, World!

世界，早呀！（越南航空）

Melt in your mouth.

入口輕柔即融。（Royce 生巧克力）

We won't be satisfied until you are.

我們不會滿意，直到你滿意為止。（Power Point Mgmt Ltd. 動點管理公司）

Begin your own tradition.

開啟你自己的傳統。（Cortina Watch 高登鐘錶）

A diamond—last forever.

鑽石恆久遠，一顆永流傳。（DeBeers）

此外，不論讀者在旅遊時（在餐廳、機場等）或在日常開車的場景中皆會看到一些很熟悉，也必須知道的招牌用語。讓我們一起來瀏覽複習一次如何使用這些招牌用語吧！

「飯店、旅館、觀光」常見標語

No Admittance
謝絕參觀

Hands off
請勿觸摸

No Trespassing
禁止闖入私人土地

Restricted Area
禁區

Open Daily
每日開放

Visitor Route
參觀路線

Forthcoming Exhibitions
即將展出

Wait To Be Seated
請等候帶位

Staff Only
旅客止步

Take-Out Service Available
提供外賣

Daily Specials
每日特色菜

Caution! Slippery
小心路滑

Don't Leave Valuables Unattended
請保管好隨身攜帶的貴重物品

When You Talk, We Listen
我們隨時傾聽您的意見

High Speed Internet Access
高速上網連接服務

Night Porter On Duty
夜間有行李搬運服務生

「開車、加油站、車站、交通路況」常見標誌

Enjoy Your Drive
祝您一路順風

Your Safety Comes First
安全第一

Keep In Lane
請按車道行駛

Please Mind Your Step
請小心走好

Accident Area
事故易發生路段

No Stopping At Any Time
任何時間禁止停車

No Lingering
禁止停留

Wait. Maintenance In Progress
正在檢修，請您稍待

Temporarily Closed
暫停營運

Maximum Capacity
限乘人數

Emergency Use Only
僅供緊急情況下使用

Priority Seating, Senior Citizens
老人優先座位

Please Exit In Order
請按順序出站

Stand Clear Off The Door
請遠離門口

Please Swipe Card Before Getting Off
下車前請刷卡

No Alighting Between Stops
嚴禁中途下車

Peak Hours Only
只限尖峰時段

Slide To Open
左右滑動開門

Museum（博物館）—**Art is the ultimate experience at the new Apex Museum of Art.**

藝術在新的 Apex 藝術博物館中是最佳的體驗。

Restaurant（餐廳）—**Our secret recipe, award-winning beef soup is the best you'll ever have.**

我們採用祕製配方烹飪、屢次獲獎的牛肉湯將是您品嚐過的食物中最美味的。

Wanted Ad（徵人廣告）—**Applicants require a Master's Degree with a minimum of three years related experience, or an equivalent combination of training and experience.**

申請者必須擁有碩士學位及至少三年相關工作經驗，或相同時間的培訓或經驗。

Technology writer wanted（徵求科技作家）—**If you are new to freelance writing, but love technology and have the talent to produce high quality articles for us, write a couple of articles and submit them.**

如果你是新自由作家但愛好科技且能為我們寫出高品質的文章，請試寫幾篇文章寄給我們。

Training Company（培訓公司）—**Our public speaking training courses, designed specifically for professors and teachers, help get rid of the fear of public speaking.**

本公司特別針對教授與老師所設計的公開演講訓練課程，對於消除對公開演說的恐慌多有助益。

Save Online（網購優惠）—**Valid online only. Limit one coupon per customer.**

僅限網路消費。每位消費者限使用一張優惠卷。

Books（書本）—**The author provides many health tips with full explanations.**

作者提供許多健康祕技並附完整解說。

Holiday Gifts（聖誕禮物）**—Order in October for the holidays and receive a 20% discount. All items shipped from Germany using the postal system.**

十月訂購聖誕節禮物可享八折優惠。所有商品從德國以郵遞方式寄出。

Computer Networking（電腦網路業）**—Training in Computer Networking prepares you to be a valued member of an information technology team.**

電腦網路方面的訓練讓你成為資訊科技產業寶貴的一員。

Plumber（水管工）**—If we repair your plumbing or give it a clean bill of health, we will back up our work with free service for eighteen months.**

若是由我們負責修理或者確認你家水管沒有問題，我們將會提供 18 個月的免費保固。

Restaurant（餐廳）**—Customers do not know what they will find on the menu until they show up, but they are never disappointed.**

客人到餐廳前不會知道當日供應哪些佳餚，但是他們絕不會失望。

Microwave Dinner（微波食物）**—Time is money after all. So stop wasting precious time preparing meals.**

畢竟時間就是金錢。因此，不需要再浪費寶貴的時間備餐。

廣告文案核心字

● 和工作職缺有關　📀 MP3 028

❏ **candidate** ⑧ 求職者	❏ **position** ⑧ 職務
❏ **human resources recruiter** ⑧ 人力招募人員	❏ **seek / look for / search for** ⑩ 尋找
❏ **employer** ⑧ 雇主	❏ **background** ⑧ 背景
❏ **employee** ⑧ 雇員	❏ **major** ⑩ ⑧ 主修

- ❑ **intern** 名 實習生
- ❑ **resume** 名 履歷
- ❑ **portfolio** 名 作品資料夾
- ❑ **letter of recommendation** 名 介紹信
- ❑ **working day** 名 工作天
- ❑ **cover letter** 名 求職信
- ❑ **available** 形 可獲得的
- ❑ **qualification** 名 條件
- ❑ **duty** 名 職責
- ❑ **responsibility** 名 責任
- ❑ **minor** 動 名 輔修
- ❑ **fluency** 名 流利
- ❑ **award** 名 獎
- ❑ **contact** 動 名 聯繫
- ❑ **submit** 動 提交
- ❑ **forward** 動 發送；轉交
- ❑ **growing** 形 正在成長的
- ❑ **productivity** 名 生產力
- ❑ **post** 名 公告
- ❑ **form** 名 表格
- ❑ **fill out** 動 填入

● 和促銷、折扣、價格有關的核心字　🔊 MP3 029

- ❑ **promotion** 名 促銷
- ❑ **sign up** 動 報名參加
- ❑ **announce** 動 宣告
- ❑ **bargain** 名 特價品；討價還價
- ❑ **for free** 免費
- ❑ **special offer** 名 特別折扣
- ❑ **anniversary sale** 名 週年慶優惠
- ❑ **relocation sale** 名 搬遷大特價
- ❑ **opening sale** 名 開幕慶特惠
- ❑ **clearance sale** 名 出清大拍賣
- ❑ **a spring cleaning sale** 名 春季清倉特惠活動
- ❑ **back-to-school sale** 名 開學大特價
- ❑ **going-out-of-business sale** 名 結束營業大拍賣
- ❑ **inventory** 名 庫存
- ❑ **clear** 動 出清
- ❑ **celebrate** 動 慶祝
- ❑ **miss out** 動 錯過
- ❑ **grand opening** 名 盛大開幕
- ❑ **opportunity** 名 機會
- ❑ **saving** 名 省下花費
- ❑ **on sale** 特惠
- ❑ **quality** 名 品質
- ❑ **a regular customer** 名 老主顧
- ❑ **loyal** 形 忠實的
- ❑ **purchase** 動 購買

● 和餐廳、旅館有關的核心字　🔊 MP3 030

- ❑ **atmosphere** 名 氣氛
- ❑ **dining area** 名 用餐區
- ❑ **intimate** 形 舒適的
- ❑ **maitre d'** 名 服務生領班
- ❑ **cuisine** 名 烹調法
- ❑ **dim** 形 黯淡的
- ❑ **indigenous** 形 土產的
- ❑ **outlet** 名 暢貨中心

❏ **greet** 動 接待	❏ **destination** 名 目的地
❏ **professional** 形 專業的	❏ **luxury** 名 豪華
❏ **menu** 名 菜單	❏ **tennis court** 名 網球場
❏ **specialty** 名 特餐	❏ **basketball court** 名 籃球場
❏ **imported** 形 進口的	❏ **boutique** 名 精品服飾店
❏ **bakery** 名 糕點 (總稱)	❏ **paradise** 名 天堂
❏ **daily catch** 名 每日現撈	❏ **family package** 名 家庭套裝行程
❏ **vegetarian** 形 素食的	

神奇廣告用詞

適切的廣告用詞能一針見血的在短時間內傳達最有效的廣告功能：

❏ **enjoy high reputation at home and abroad** 享譽國內外

❏ **as effective as a fairy does** 功效神奇

❏ **customer first** 顧客至上

❏ **economical and practical** 經濟實惠

❏ **known far and wide** 遠近馳名

❏ **attractive and durable** 美觀耐用

❏ **suitable for men, women and children** 男女老少皆宜

❏ **low price and fine quality** 物美價廉

❏ **accept no imitate** 絕對正品

✎ 評量 1 請將下列框內的單字，填入適當的句中。

(a) advertising mix	(b) strategy
(c) captive	(d) launch (e) competition

① If you advertise at airports, you have a _____ audience.
② We can attract customers to order the goods by offering special _____ prices.
③ We need an effective campaign to _____ our new product range.
④ We plan a variety of advertising techniques. This _____ will consist of newspaper advertisement, television commercials and street advertising.
⑤ To increase their sales or profit, companies develop marketing _____ by using various marketing elements.

✎ 評量 2

下面有一些描述各種產品的廣告句子，請在看完之後，將其分類並從下列框內選出屬於何種產品的廣告用句。

(　) ① If you have a website, Fantastic Media can make it better.
(　) ② Stay at Heaven Suite Hotel, and you don't have to worry about the extravagant accommodations.
(　) ③ Instead of wheeling around a grocery cart, you can shop online and we will bring the groceries to you!
(　) ④ Best of all, it's outfitted with over 52 hours of battery life!
(　) ⑤ We are Taipei's largest office products provider and the largest independent stationary store on the island.

(a) office supplies	(b) supermarket, shopping online
(c) internet marketing service	(d) portable speaker (e) affordable hotel

聽完廣告段落後請將正確答案選出來。　　　🎵 MP3 031

—— ① What does Security Emporium specialize in protecting?

    (A) Small business firms.

    (B) Homes and families.

    (C) Families and companies.

    (D) Big corporations.

—— ② What does Security Emporium NOT boast of?

    (A) Its burglar protection system.

    (B) Its carbon monoxide detector.

    (C) Its expensive equipment.

    (D) Its achievement.

—— ③ What are the smoke detectors capable of doing?

    (A) Putting out a kitchen fire.

    (B) Alerting the occupants of a fire hazard.

    (C) Altering the occupants of an intruder.

    (D) Indicating the increase of carbon monoxide.

✎ 評量 4 看完下列文章後，請將每題的正確答案選出來。

Pearl Island Holiday!

Come and Enjoy Pearl Island.

1 Night 2 days NT$ 2,999

2 Nights 3 days NT$ 3,999

3 Nights 4 days NT$ 4,999

We also offer weekday specials from NT$1,300 per person staying 1 night 2 days.

Our prices include airport pick-up, boat return ticket, hotel (comfortable rooms, own bathroom, cable TV)

Please visit our website: http://www.pearlislandholiday.com

Bookings: pearlislandholiday@yahoo.com or dial 0800-888-888

（98 初考）

_____ ① How much does one need to pay if staying on Pearl Island one night during a weekday?

(A) NT$ 3,999

(B) NT$ 2,999

(C) NT$ 1,300

(D) NT$ 4,999

_____ ② When is one likely to pay for higher prices?

(A) on Monday

(B) on Thursday

(C) on Saturday

(D) on Tuesday

_____ ③ Which item might one have to pay for the trip?

(A) having dinner

(B) watching TV

(C) traveling from the airport

(D) taking a shower

_____ ④ Where might one get further information about the trip?

(A) from TV

(B) from beaches

(C) from the airport

(D) from the Internet

✍ 評量 5

你所就職的公司部門目前正在推動「禁煙運動」，並決定廣徵大家的意思來創造禁煙口號（slogan）。之後，高層將選出最佳口號標語張貼在各樓層公佈欄中、電梯及洗手間內。試創作出三個「禁煙口號」。

解答

評量 1

① (c)　② (e)　③ (d)　④ (a)　⑤ (b)

【中譯】

① 若你在機場登廣告，就有受限觀眾。

② 我們能藉著提供特別具競爭力的價格來吸引客戶訂購商品。

③ 我們需要有效的宣傳活動來將新產品系列推出上市。

④ 我們規劃各種廣告技巧。這個「廣告組合」包括了報紙廣告、電視廣告和街道上廣告。

⑤ 為了提高銷售額或利潤，企業利用各種不同的行銷元素來制定市場行銷戰略。

評量 2

① (c)　② (e)　③ (b)　④ (d)　⑤ (a)

【中譯】

① 若您有網站，「絕妙媒體」能使它更好。

② 在天堂套房旅館，您無需擔憂昂貴的住宿。

③ 您可在線上購物，我們會將您購買的食品雜貨寄送給您，您無須自己推著購物車趴趴走。

④ 最好的是，它裝備有超過 52 小時壽命的電池。

④ 我們是台北最大的辦公室用品供應商，也是全島最大的獨立文具店。

評量 3

① (B)　② (C)　③ (B)

【錄音內容】

Questions 1-3 refer to the following advertisement.

Security Emporium

With sophisticated monitoring technology and skilled professionals, Security Emporium caters to all your security needs. Security Emporium protects more homes and families than any other security company in the country. In addition to our advanced burglary protection, Security

Emporium has now developed advanced smoke and carbon monoxide detectors that signal you to call your fire department. Call now and get the equipment of Security Emporium installed for as little as $89—a small price to pay for your family and home's protection.

【錄音中譯】

保全大賣場

保全大賣場擁有最精密的監視科技和高度專業的技術人員，它能滿足您所有的保全需求。保全大賣場比國內任何一家保全公司捍衛了更多的房屋和家庭。除了我們先進的防盜裝置外，保全大賣場現已發展出先進的煙霧和一氧化碳偵測器，它們可警示您打電話給消防隊。現在打電話只要八十九元即可安裝保全大賣場的設備─花一點小錢即可防護您的居家安全。

【題目＆選項中譯】

① 保全大賣場專門保護什麼？
　(A) 小型公司行號。
　(B) 房屋和家庭。
　(C) 家庭和公司。
　(D) 大型企業。

② 保全大賣場「不」誇耀什麼？
　(A) 它的防盜裝置。
　(B) 它的一氧化碳偵測器。
　(C) 它昂貴的儀器設備。
　(D) 它的成就。

③ 煙霧偵測器的功用為何？
　(A) 撲滅廚房的火災。
　(B) 警示屋主有火災的危險。
　(C) 警示屋主有人闖入屋內。
　(D) 顯示一氧化碳的增加。

① (C)　② (C)　③ (A)　④ (D)

【中譯】

珍珠島假期

歡迎來珍珠島享受一下。

兩天一夜 2,999 元

三天兩夜 3,999 元

四天三夜 4,999 元

我們還提供平日兩天一夜特別優惠價，每人 1,300 元。

以上價格包含機場接送、回程船費與旅館住宿費（房間舒適，備有獨立衛浴和有線電視）。

請上本公司網站：http://www.pearlislandholiday.com

預約：pearlislandholiday@yahoo.com 或撥打電話 0800-888-888

① 如果平日要在珍珠島住宿一晚，每人費用多少？

　　(A) 3,999 元　　(B) 2,999 元　　(C) 1,300 元　　(D) 4,999 元

② 哪一天去會比較貴？

　　(A) 週一　　(B) 週四　　(C) 週六　　(D) 週二

③ 下列哪一項必須另外付費？

　　(A) 吃晚餐　　(B) 看電視　　(C) 從機場出遊　　(D) 洗澡

④ 想要了解更多珍珠島的旅遊資訊，可去哪找資料？

　　(A) 從電視　　(B) 從海灘　　(C) 從機場　　(D) 從網路

評量 5

① To smoke or not to smoke, that is not a question.

② Quit smoking; get your colorful life!

③ No cigarettes, no threats!

Chapter 2

產品行銷

何謂行銷

所謂行銷 (marketing) 基本上就是透過「交易的過程」(exchange processes) 來滿足 (satisfy) 需求 (needs) 和慾望 (wants) 的人類活動。

對行銷來說，最重要的關鍵在於尋找、滿足並維持消費者，因此行銷乃「消費者導向」(consumer-oriented) 的一種活動，也可說是企業及其產品與市場間的主要橋樑。

如何行銷

在社會上為大家所熟知的 4P：Product（產品），Place（通路），Price（價格），Promotion（推廣）就是所謂的行銷組合 (Marketing Mix)。舉凡有關研發、產品設計、包裝、品管，到加盟或連鎖、量販店甚至網路銷售及促銷，以及公關、廣告……等皆是行銷組合中的要素。本單元將就產品如何用文字來「行銷」方面多加著墨，希望能對讀者的職場生活甚至是各種考試能夠有所助益。

〔例一〕飯店吸引顧客入住

首先舉飯店為例。通常一家飯店為了吸引顧客入住會強調以下幾點：
① 環境優美 lies on the bank of xx lake ..., you can enjoy the ancient monuments
② 地理位置便捷 provides a convenient connection to business where only ten-minute drive to xx science park
③ 放鬆性（商務、個人休閒上）get the best holiday feeling at xx hotel

〔例二〕行李箱品牌精神

第二個例子為行李箱。說起 RIMOWA 這個行李箱品牌，大家心中只有兩個字：「想要」。其原因在於 RIMOWA 堅持「手工藝和高科技相遇」

(combines traditional techniques and state-of-the-art technology) 之精神，強調輕盈 (lightweight)、堅固 (incredibly strong) 及防水 (impervious to water)。甚至有一家航空公司和 RIMOWA 聯手合作，推出其特有航空公司顏色之行李箱，亦強調耐撞擊 (impact-absorbing)、100% PC 材質 (polycarbonate) 及耐磨材質 (abrasion-resistant finish)。不僅如此，航空公司還推出「過夜包」(overnight kits) 用來收納「電子產品」(consumer electronic products)。航空公司更走在科技時代的尖端，強調 Mobile App，包括繁體 (traditional) 和簡體中文 (simplified Chinese)、日文與英文等語言，不論是用 iPhone 或 iPad，只要在 Apple App store 或是 Google Play 搜尋其航空公司，即可免費下載並用其完成「報到」(check in) 並可享有持手機電子登機證 (paperless e-boarding passes) 登機。

〔例三〕航空公司利用卡通人物行銷

另外，國人最愛的 Hello Kitty 也成為航空公司行銷自己飛機、吸引乘客來搭乘的武器。以 EVA Air 長榮航空來說，機上有超過上百項的服務用品皆以 Hello Kitty 為主題設計，連空姐都穿上粉紅色的供餐服務圍裙 (food service apron) 及特殊徽章 (special pin)，甚至連餐具 (tableware items) 也融入 Hello Kitty 的情況。這些不定期推出各式的 Hello Kitty「限量免稅產品」(limited-edition collection items) 及 Hello Kitty 專屬彩繪機「桌布」(wallpaper images) 皆可從其專屬網站中下載。這一切的一切都為了使乘客沉溺在夢幻的愉悅旅程記憶中，讓他們想要再一次搭乘客機。以上所提的一切都在強調獨一性 (exclusive)，只有搭乘 EVA Air 才能有如此繽紛活潑、夢幻溫馨的飛行享受。

〔例四〕紐約食品的行銷

作者本身唸書時代所待過的大城市－紐約市 (New York City) 可說是一

民族大熔爐。而為了吸引各族群的青睞，許多「跨國食品公司」
(multinational food companies) 近年來便以各式辛辣的香料 (hotter spices)、
水果口味 (fruit flavors) 及與眾不同的質地與口感 (different textures and
grains)，甚至是創新的包裝 (packaging innovations) 來行銷自己的產品，以
吸引消費者 (consumers) 來維持 (sustain) 新品牌 (new brand)。

〔例五〕泰國觀光行銷

　　最後，我們以觀光大國—泰國為例。泰國在這些年來進步很多，對觀
光旅行業的努力可說是有目其賭。其旅遊業中最大的行銷點即是：包容
(tolerance)。他們訴求的口號之一就是勇敢探尋那份自由 (Go for the
freedom)。泰國是唯一推出政府贊助活動 (government-sponsored campaign)
來吸引同性戀觀光客 (gay and lesbian travelers) 的亞洲國家，而「到泰國
去，自由自在」("Go Thai, Be Free") 即為其行銷活動名稱。另外，在宗教
上泰國並不排斥其鄰近國家多所反感的來自穆斯林 (Muslins) 國家的觀光
客，並且強調在泰國隨地都可買到伊斯蘭戒律 (Islamic precepts) 備辦的食
物，而且有男女分開的「清真水療中心」(halal spas)。

① **establish an integrated marketing communication plans**
制定一個整合行銷傳播計畫

② **strategically price the product** 策略性地為產品定價

③ **go through the established distribution channels**
利用固定的配銷通路：

➡ { **direct channels** 直接通路
  { **direct marketing** 直接行銷

④ **work out with an Internet developer for some website promotions**
找網路開發業者做些網路促銷

⑤ **run a price-slashing promotion to generate publicity**
舉辦削價促銷來打知名度

⑥ **get some good PR during times of increased competition in order to contribute to maintain market share**
競爭劇烈時找好的公關人員以幫助維持市場佔有率

📁 **推廣** | 💿 MP3 032

☐ **direct marketing** 图 直銷

☐ **public relations** 图 公共關係

☐ **sales promotion** 图 促銷

☐ **personal selling** 图 人員銷售

☐ **event planning** 图 活動規劃

☐ **trade show** 图 商展

☐ **direct mail** 图 直效信函（直郵廣告）

☐ **push** [puʃ] 图（推的策略）

☐ **pull** [pul] 图（拉的策略）

☐ **packaged goods** 图 包裝商品

☐ **packaging** [ˋpækɪdʒɪŋ] 图 包裝法

☐ **sales drive** 图 促銷活動

☐ **discount** [ˋdɪskaʊnt] 图 / 動 折扣

☐ **free gift** 图 免費禮物

☐ **product trial** 图 產品試用

☐ **complimentary** [ˌkɑmpləˋmɛntərɪ] 形 免費的

☐ **raffle** [ˋræfl] 图 對獎銷售

☐ **coupon** [ˋkupɑn] 图 折價卷

☐ **giveaway** [ˋgɪvəˌwe] 图 贈品

☐ **rebate** [ˋribet] 图 折扣；現金回饋

☐ **voucher** [ˋvaʊtʃə] 图 兌換卷

☐ **allowance** [əˋlaʊəns] 图 廣告折讓

☐ **recognition** [ˌrɛkəgˋnɪʃən] 图 識別度

☐ **after-sales service** 图 售後服務

- **high-profile** [haɪ ˋprofaɪl] 形 引人注目的
- **awareness** [əˋwɛrnɪs] 名 認知
- **publicity** [pʌbˋlɪsətɪ] 名 宣傳
- **hard sell** 名 硬性推銷
- **unique selling proposition** 名 獨特賣點
- **promotion** [prəˋmoʃən] 名 促銷
- **promotion budget** 名 促銷預算
- **promotion campaign** 名 促銷活動
- **promotion drive** 名 促銷活動
- **promotion scheme** 名 促銷方案
- **promotion mix** 名 促銷組合
- **impulse buying** 名 衝動購買
- **incentive marketing** 名 誘因行銷
- **inertia selling** 名 慣性行銷（顧客沒有採取任何終止行動）
- **interactive marketing** 名 互動式行銷
- **event-driven marketing** 名 事件行銷
- **affinity marketing** 名 認同行銷
- **cause-related marketing** 名 緣由行銷（如送資源給慈善機構）
- **channel marketing** 名 通路行銷
- **database marketing** 名 資料庫行銷
- **undifferentiated marketing** 名 無差異行銷
- **direct marketing** 名 直銷（製造商直接和消費者打交道）
- **Web marketing** 名 網路行銷
- **telemarketing** [ˌtɛləˋmɑrkɪtɪŋ] 名 電話行銷
- **counter-marketing** [ˋkaʊntəˌmɑrkɪtɪŋ] 名 反行銷（以漲價或限制配額作為定量自給的手段）

 **市場區隔** ◎ MP3 033

❏ **market segmentation** 图 市場區隔

❏ **mass market** 图 大市場

❏ **niche market** 图 利基市場

❏ **sub-market** 图 次市場

❏ **home market** 图 國內市場

❏ **international market** 图 國際市場

❏ **target market** 图 目標市場

❏ **potential market** 图 潛在市場

❏ **teenage market** 图 青少年市場

❏ **leisure market** 图 休閒市場

❏ **grey market** 图 灰色市場（介於正當與非法市場間的市場）

❏ **market trend** 图 市場潮流

❏ **market share** 图 市場占有率

❏ **target group** 图 目標族群

❏ **heavy user** 图 重度使用者

❏ **medium user** 图 中度使用者

❏ **light user** 图 輕度使用者

❏ **prospect** [ˋprɑspɛkt] 图 潛在消費者

❏ **potential customer** 图 潛在客戶

❏ **regular customer** 图 老客戶

❏ **repeat customer** 图 常客

❏ **patron** [ˋpetrən] 图 主顧

❏ **consumer defection** 图 顧客流失

❏ **customer satisfaction** 图 顧客滿意度

❏ **consumer satisfaction survey** 图 顧客滿意度調查

❏ **consumer loyalty** 图 顧客忠誠度

❏ **concentration** [ˌkɑnsɛnˋtreʃən] 图 集中（行銷）

- **differentiation** [ˌdɪfəˌrɛnʃɪˋeʃən] 名 差異化（行銷）
- **undifferentiation** [ˌʌndɪfəˋrɛnʃɪˌetʃən] 名 無差異（行銷）
- **aggregation** [ˌægrɪˋgeʃən] 名 總合行銷
- **demographics** [ˌdɪməˋgræfɪks] 名 人口統計
- **behavioral characteristics** 名 行為特徵
- **geographics** [dʒɪəˋgræfɪks] 名 地理統計
- **focus group** 名 焦點團體
- **analysis** [əˋnæləsɪs] 名 分析
- **dumping** [ˋdʌmpɪŋ] 名 傾銷
- **survey** [səˋve] 名 民意調查
- **questionnaire** [ˌkwɛstʃəˋnɛr] 名 問卷
- **respondent** [rɪˋspɑndənt] 名 應答者
- **upstream** [ˌʌpˋstrim] 名 上游
- **downstream** [ˋdaʊnˋstrim] 名 下游
- **niche** [nɪʃ] 名 利基
- **rival** [ˋraɪvl̩] / **competitor** [kəmˋpɛtətə] 名 競爭者
- **sales forecast** 名 銷售預測
- **census** [ˋsɛnsəs] 名 人口普查
- **pilot survey** 名 試驗調查
- **random sampling** 名 隨機抽樣
- **quota sample** 名 按比例抽樣樣品
- **social class** 名 社會階層
- **bias** [ˋbaɪəs] 名 偏見
- **subset** [ˋsʌbˌsɛt] 名 小團體
- **field research** 名 實地考察
- **forecast** [ˋforˌkæst] 名 / 動 預測
- **competitive advantage** 名 競爭優勢
- **benefit** [ˋbɛnəfɪt] 名 利益點
- **product attributes** 名 產品屬性

行銷計畫 🔊 MP3 034

- ❏ **market penetration** 图 行銷滲透
- ❏ **marketing blitz** 图 大規模行銷活動
- ❏ **marketing channel** 图 行銷通路
- ❏ **marketing consolidation** 图 市場整合
- ❏ **marketing research** 图 市場調查
- ❏ **marketing evolution** 图 市場發展
- ❏ **marketing objective** 图 行銷目標
- ❏ **market analysis** 图 市場分析
- ❏ **marketing strategy** 图 行銷策略
- ❏ **marketing program** 图 行銷活動
- ❏ **marketing mix** 图 行銷組合
- ❏ **budget** [`bʌdʒɪt] 图 預算
- ❏ **evaluation** [ɪˌvæljʊ`eʃən] 图 評估
- ❏ **positioning** [pə`zɪʃənɪŋ] 图 定位
- ❏ **supply** [sə`plaɪ] 图 / 動 供應
- ❏ **demand** [dɪ`mænd] 图 / 動 需求
- ❏ **acceptability** [əkˌsɛptə`bɪlətɪ] 图（產品）接受度
- ❏ **affordability** [əˌfɔrdə`bɪlətɪ] 图 價格合理
- ❏ **availability** [əˌvelə`bɪlətɪ] 图 出售點多
- ❏ **gimmick** [`gɪmɪk] 图 花招
- ❏ **point of sale** 图 銷售點
- ❏ **competitiveness** [kəm`pɛtətɪvnɪs] 图 競爭力
- ❏ **competitive advantage** / **competitive edge** 图 競爭優勢
- ❏ **sponsor** [`spɑnsə] 動 贊助
- ❏ **display** [dɪ`sple] 图 / 動 展示
- ❏ **demonstrate** [`dɛmənˌstret] 動 示範
- ❏ **appeal to** 吸引
- ❏ **monopoly** [mə`nɑplɪ] 图 壟斷

- ❑ **target audience** 名 （廣告促銷的）目標群
- ❑ **company mission** 名 公司使命

📁 產品定位　🔊 MP3 035

- ❑ **brand-new** 形 全新的
- ❑ **generic brand** 名 普通品牌
- ❑ **own brand** 名 自創品牌
- ❑ **publicity** [pʌbˋlɪsətɪ] 名 知名度
- ❑ **registered trademark** 名 註冊商標
- ❑ **range of goods** 名 商品種類
- ❑ **novelty item** 名 新奇商品
- ❑ **core product** 名 核心產品
- ❑ **spin-off** [ˋspɪnˏɔf] 名 衍生產品
- ❑ **by-product** [ˋbaɪˏprɑdəkt] 名 副產品
- ❑ **commodities** [kəˋmɑdətɪz] 名 日常用品
- ❑ **consumer goods** 名 消費品
- ❑ **goods** [gʊdz] 名 商品；貨物
- ❑ **merchandise** [ˋmɝtʃənˏdaɪz] 名 商品
- ❑ **wares** [wɛrz] 名 貨品
- ❑ **affordable** [əˋfɔrdəbl̩] 形 買得起的
- ❑ **luxurious** [lʌgˋʒʊrɪəs] 形 高級豪華的
- ❑ **custom-made** [ˋkʌstəmˏmed] 形 訂製的
- ❑ **made-to-order** [ˋmedtʊˋɔrdə] 形 訂做的
- ❑ **tailored** [ˋteləd] 形 量身定做的
- ❑ **high-end** [ˋhaɪ ˏɛnd] 形 高價位的
- ❑ **middle-end** [ˋmɪdl̩ ˏɛnd] 形 中價位的
- ❑ **low-end** [ˋlo ˏɛnd] 形 低價位的
- ❑ **new product development** 名 新產品研發
- ❑ **product development** 名 產品研發

- ❏ **product line** 名 產品線
- ❏ **product quality** 名 產品品質
- ❏ **product range** 名 產品範圍
- ❏ **bottom price** 名 底價
- ❏ **breakthrough** [ˋbrek͵θru] 名 突破
- ❏ **feature** [fitʃə] / **characteristic** [͵kærəktəˋrɪstɪk] 名 特點
- ❏ **function** [ˋfʌŋkʃən] 名 功能
- ❏ **wide-ranging** [ˋwaɪdˋrendʒɪŋ] 形 範圍廣的
- ❏ **comprehensive** [͵kɑmprɪˋhɛnsɪv] 形 廣泛的
- ❏ **market-orientated** [ˋmɑrkɪt ˋorɪɛn͵tetɪd] 形 以市場為導向的
- ❏ **sophisticated** [səˋfɪstɪ͵ketɪd] 形 精密的
- ❏ **assortment** [əˋsɔrtmənt] 名 各種各樣
- ❏ **guarantee** [͵gærənˋti] 名 / 動 保證
- ❏ **item** [ˋaɪtəm] 名 一件物品
- ❏ **launch** [lɔntʃ] 名 / 動 發布
- ❏ **line** [laɪn] 名 貨物的種類
- ❏ **model** [ˋmɑdl̩] 名 型號
- ❏ **quality** [ˋkwɑlətɪ] 名 品質
- ❏ **selling point** 名 賣點
- ❏ **style** [staɪl] 名 款式

產品生命週期 🎧 MP3 036

- ❏ **introductory stage** 名 引入期
- ❏ **growth stage** 名 成長期
- ❏ **maturity stage** 名 成熟期
- ❏ **decline stage** 名 衰退期
- ❏ **product's life cycle** 名 產品生命週期

- ❑ **demand life cycle** 图 需求生命週期
- ❑ **repeat purchasing** 图 再次購買（率）
- ❑ **brand switching** 图 品牌轉換（率）
- ❑ **best-seller** [`bɛst `sɛlə] 图 暢銷品
- ❑ **shelf warmer** 图 滯銷商品
- ❑ **surplus line** 图 過剩產品
- ❑ **durable** [`djʊrəbl] 圏 耐用的
- ❑ **non-durable** [nɑn`djʊrəbl] 圏 不耐用的
- ❑ **consumer durable** 图 耐用消費品
- ❑ **discontinue** [ˌdɪskən`tɪnju] 働 中斷
- ❑ **exhaust** [ɪg`zɔst] 働 用盡

📁 **價格** 🔊 MP3 037

- ❑ **purchase price** 图 買價
- ❑ **unit price** 图 單位價格
- ❑ **original price** 图 原價
- ❑ **average price** 图 平均價格
- ❑ **normal price** 图 正常價格
- ❑ **cost price** 图 成本價
- ❑ **retail price** 图 零售價格
- ❑ **wholesale price** 图 批發價格
- ❑ **agreed price** 图 協議價格
- ❑ **adjust the price** 調整價格
- ❑ **raise the price** 提高價格
- ❑ **reduce the price** 降低價格
- ❑ **confirm the price** 確認價格
- ❑ **price war** 图 價格戰
- ❑ **price-cutting** [`praɪs `kʌtɪŋ] 图 削價

❏ **price competition** ㊝ 價格競爭

❏ **price list** ㊝ 價格單

❏ **falling** [ˋfɔlɪŋ] ㊛ 持續下跌的

❏ **price hike** 價格上漲

❏ **price ceiling** 價格的上限

❏ **drive up the price** 推動價格上漲

❏ **price plateau** ㊝ 價格高原（價格開高後以保持穩定水準）

❏ **price leadership** ㊝ 價格領先

❏ **price discrimination** ㊝ 價格歧視

❏ **price-fixing method** ㊝ 定價方法

❏ **loss leader pricing** ㊝ 招徠定價（特價商品訂價）

❏ **turnover** [ˋtɜn͵ovə] ㊝ 營業額

❏ **overhead** [ˋovə͵hɛd] ㊝ 管理費用

❏ **cost of sales** ㊝ 銷售成本

❏ **net price** ㊝ 淨價

❏ **gross selling price** ㊝ 總銷售價

❏ **capital expenditure** ㊝ 資本支出

❏ **delivery cost** ㊝ 運送成本

📁 **網路** 💿 MP3 038

❏ **e-commerce** ㊝ 電子商務

❏ **electronic shopping mall** ㊝ 電子購物廣場

❏ **electronic market place** ㊝ 電子市場

❏ **Internet marketing** ㊝ 網路營銷

❏ **online shopping** ㊝ 網上購物

❏ **online shop** ㊝ 網店

❏ **groupon mode** ㊝ 團購模式

❏ **seckilling** [sɛkˋkɪlɪŋ] ㊝ 秒殺

- **bidding** [ˋbɪdɪŋ] ⑧ 競標
- **freight free** ⑧ 免運費
- **return policy** ⑧ 退貨規定
- **refund** [ˋrɪˌfʌnd] / [rɪˋfʌnd] ⑧ / ⑩ 退款
- **customer relationship management** ⑧ 客戶關係管理
- **order tracking system** ⑧ 訂單追蹤系統
- **email-based marketing** ⑧ 郵件營銷
- **electronic fund transfer** ⑧ 電子轉帳
- **hook up** 連上線
- **go on line** 上線
- **go off line** 下線
- **exit** [ˋɛksɪt] ⑩ 結束連線
- **log in** 登錄
- **tap into** 進入
- **interactive** [ˌɪntəˋæktɪv] ⑱ 互動的
- **Internet cafe** (Cyber café) ⑧ 網路咖啡店（網咖）
- **global** [ˋglobl] ⑱ 全球的
- **community** [kəˋmjunətɪ] ⑧ 社區；社群
- **virtual** [ˋvɝtʃuəl] ⑱ 虛擬的
- **hit** [hɪt] ⑩ 點擊
- **link** [lɪŋk] ⑩ 連結
- **information overload** ⑧ 信息過載
- **site** [saɪt] ⑧ 網站
- **homepage** [homˋpedʒ] ⑧ 首頁
- **blog** [blɑg] ⑧ 部落格
- **forum** [ˋforəm] ⑧ 論壇
- **portal** [ˋportl] ⑧ 入口網站
- **intranet** [ˋɪntrənɛt] ⑧ 內部網路（企業）
- **interstitial** [ˌɪntəˋstɪʃəl] ⑧ 插入式廣告

- ❏ **banner ad** 图 橫幅廣告
- ❏ **attachment** [əˋtætʃmənt] 图 附加檔案
- ❏ **incoming** [ˋɪnˏkʌmɪŋ] 圈（信件）進來的
- ❏ **outgoing** [ˋautˏgoɪŋ] 圈（信件）出去的
- ❏ **junk mail** 图 垃圾郵件
- ❏ **virus** [ˋvaɪrəs] 图 病毒
- ❏ **bug** [bʌg] 图（程式的）漏洞
- ❏ **trap** [træp] 图 陷阱
- ❏ **upload** [ʌpˋlod] 動 上傳
- ❏ **browse** [brauz] 图 瀏覽
- ❏ **bookmark** [ˋbukˏmɑrk] 图 書籤
- ❏ **scroll through** 捲動（畫面）
- ❏ **URL** (Uniform Resource Locator) 全球資源定位器
- ❏ **ISP** (Internet Service Provider) 網際網路服務供應者
- ❏ **dot-com** [ˏdɑtˋkɑm] 图 網路公司
- ❏ **webmaster** [wɛbˋmæstə] 图 網站的系統資源管理員
- ❏ **subscriber** [səbˋskraɪbə] 图 用戶
- ❏ **censorship** [ˋsɛnsəˏʃɪp] 图 審查
- ❏ **encryption** [ɛnˋkrɪpʃən] 图 加密
- ❏ **authorize** [ˋɔθəˏraɪz] 動 允許（連線）
- ❏ **account** [əˋkaunt] 图 帳號

Part 2　立即上手！「行銷」好用句

類型 1　與「市場」相關的行銷句子　　🔘 MP3 039

1. **The new product will be released next month.**
   新產品下個月上市。

2. **I'd like to discuss how we might gain more of the market share.**
   我想討論一下我們該如何獲取更大的市場佔有率。

3. **We are trying to collect information about the sales of this product.**
   我們正努力收集這項產品銷售情況的資訊。

4. **I'm afraid that your marketing plan is not going to work out, even if I admit that sounds really good.**
   雖然我承認你的行銷計畫聽起來很不錯，但我認為恐怕不會奏效的。

5. **As we both know, we need to expand our total market share of the new product by the end of the year.**
   我們倆都很清楚，我們需要在今年年底前擴大新產品總市場的佔有率。

6. **What do you attribute the successful launch of your new product to?**
   你認為這次新產品的投入市場應歸功於什麼？

7. **We are conducting a market survey.**
   我們正在進行一項市場調查。

8. **We are doing a market survey for our new product.**
   我們正在為我們的新產品做市場調查。

9. **The market share is increasing day by day.**
   市場佔有率與日俱增。

10. **According to our new statistics, there is three times as much opportunity in the overseas market as there is in the domestic market.**
    根據我們新的統計數字，海外市場的機會是國內的三倍。

11 **The key point for our success resulted from the exact target market position.**

我們成功的關鍵在於精準的目標市場定位。

12 **No matter what we do, we should comply with the conventional rules and regulations of marketing.**

不論我們做什麼，我們都要遵守市場管銷的傳統規則與規範。

13 **Why don't we give it a test sale in a small amount and see if our product can develop a market?**

我們為何不（在大量投資前）小規模地試銷一下，看看我們的產品能否發展出一片市場？

14 **No one can accurately predict how long and to what degree the market fluctuation is going to be.**

沒有人能夠準確地預測這次市場波動的時間會有多久、影響會有多大。

15 **Under the competition of powerful competitors, we have to take a series of measures, including the market survey.**

在強大的對手競爭下，我們不得不採取一系列措施，包括市場調查。

16 **We could not have known the market price of this kind of diamond would fluctuate so violently without frequent research.**

若不是經常調查，我們就不會知道這種鑽石的售價在市場上波動會如此之大。

17 **Our products have found a ready market in England.**

我們的產品在英國很暢銷。

18 **What we need to do now is to alter our marketing plan a little bit in order to speed up our steps and enter the market first.**

我們現在應該做的是改變一下我們的行銷計畫來加快步伐爭取最先將產品投入市場。

19 **Everything is unpredictable in the market.**

市場的一切都是不可預測的。

20 **What market research methods will you see to obtain that information?**

你會採用怎樣的市場調查手段來取得相關訊息？

類型 2 與「介紹產品」相關的行銷句子 🎧 MP3 040

1 **I've brought some catalogues of water heaters. I wonder if your manager would like to take a look at them?**
我帶來了一些熱水器的產品目錄。不知道你們經理是不是想看一看？

2 **The new products could be very marketable since they are as reliable in quality as they look in appearance.**
因為他們在質量方面和外觀方面一樣可信，新產品會有很好的銷路。

3 **Our products appeal to a wide age-group.**
我們的產品能吸引各個不同的年齡群。

4 **I think the brand name should be consistent with the image of the product.**
我認為品牌名稱應與該產品的形象一致。

5 **The brand name should imply the benefits delivered by the product.**
品牌名稱應該能暗示產品的益處。

6 **The product not only looks nice by appearance, but functions very well.**
我們這種產品不僅外表好看，而且性能良好。

7 **Our products are goods with a long history and they are very popular.**
我們的產品都是老牌子，而且很受歡迎。

8 **Our products have the quality of being durable.**
我們的產品經久耐用。

9 **It's a prototype of our new products.**
這是我們新產品的原型。

10 **It has got more advantages than the third did.**
這一款比第三代有更多的優點。

11 **We process this product very carefully for safety.**
為了安全起見，我們對於這種產品的加工非常仔細。

12 **Our products have already gained a strong footing in the international market.**
我們的產品在國際市場上已經穩穩立足了。

13 **This item sells well, throughout the world.**
這產品暢銷全球。

14 **This is our latest product.**
這是我們最新的產品。

15 **The items are available in different qualities.**
這些品項有不同品質的貨色可供選擇。

16 **Different products have their own distinctive features.**
不同的產品各有其特有的特色。

17 **Our products have a long standing reputation and enjoy high reputation at home and abroad.**
我們的產品久富盛名，國內外皆相當有名氣。

18 **I don't think it is good timing for getting our product released.**
我認為這並不是發布新產品的好時機。

類型3 與「促銷」相關的行銷句子　　🅭 MP3 041

1 **How should we go about promoting it？**
我們該怎樣開始推銷呢？

2 **I'll send your catalogues to those who are interested.**
我會把你們的產品目錄轉交給感興趣的人。

3 **I think you will be interested in some of our new products.**
我認為我們的一些新產品你們會感興趣。

4 **May I have an indication of price?**
我可以問一下價格嗎？

5 **We welcome the clients at home and abroad to cooperate with us.**
我們歡迎國內外客戶前來合作。

6 **Can I have your price-sheet?**
你能給我一份價目表嗎？

7 **The new model is of high quality and is not costly.**
這種新款品質很好而且不貴。

8 **I'm sure you will find our new product satisfactory.**
我確信我們的新產品會使你感到滿意。

9 **A good brand name is critical to the success of marketing efforts.**
一個好的品牌名稱對於營銷的成功有關鍵作用。

10 **We have a worldwide network for doing the job.**
我們有一個全球性的網路來進行這種工作。

11 **You are so lucky. The goods are on sale today. It costs only NT$ 200.**
你很幸運，今天正好在促銷，只要 200 元。

12 **We are having a promotion this weekend.**
我們本週末有促銷活動。

13 **In order to promote sales, businessmen use a variety of promotions.**
為了提昇銷量，商家們運用了各式各樣的促銷手段。

14 **The price preferential benefit was still the most effective promotion method.**
價格優惠仍是最有效的促銷手段。

15 **Basically, the advertisement sales promotion, the personnel to sell, business sales promotion and the special sales promotion are the traditional promotion methods.**
基本上，廣告推銷、人員推銷、營業推銷和特種推銷都是傳統的促銷手段。

16 **Our products have enjoyed wide popularity among our customers.**
我們的產品深受客戶喜愛。

17 **We will need to include e-commerce and e-marketing into our marketing plans for this year.**
我們需要將電子商務和電子行銷納入本年度的行銷計劃中。

18 **Our products are well-established with the buying public.**
我們的產品在客戶群中信譽卓著。

19 **The launch of our new website, which offers e-commerce, will be a big factor in hitting these targets.**
我們新推出的提供電子商務的網站將在達成指標中起很大的作用。

20 **Our price is a little bit higher, but the quality of our product is guaranteed.**
我們的價格雖然稍高，但我們的產品品質有保證。

21 **My company has sent me here to inquire about the possibility of promoting our product in Canada.**
我公司派我來這裡了解一下在加拿大推銷我們產品的可能性。

22 **Our bonuses will be based on these sales targets.**
我們的獎金數目是根據這些銷售指標而定。

23 **Let's lose no time to launch a new marketing plan.**
讓我們抓緊時間推出新的行銷計畫！

24 **The company has decided on our sales target for this year.**
公司已確定我們本年度的銷售指標。

25 **We are going to make use of the next three months to figure out a better way for the new product to draw as much attention as it can.**
我們將利用接下來的三個月找出一個更好的辦法，使新產品盡可能地吸引人們的注意。

26 **We can assure you that the quality of our products is the best.**
我們可以保證產品的品質是最好的。

27 **We have various makes of products.**
我們有各式各樣的產品。

28 **Our company dispatches salesmen in this area every week for products selling.**
我們公司在這一帶每週都會派推銷員進行產品推銷。

29 **Many large companies are involved in at least one joint venture.**
許多大型公司至少參與一個合資企業。

30 **Our goods sell fast.**

我們的貨品賣得很快。

31 **We have come up with alternative marketing strategies.**

我們有想出了其他可供選擇的行銷策略。

類型 4 與「銷售管道」相關的行銷句子 ⊚ MP3 042

1 **My wholesaler gives me a really great price.**

我的批發商給了我很好的價錢。

2 **Some manufactures use middlemen such as wholesalers to move their goods to the consumer.**

有些製造商透過如批發商的仲介，把他們的產品轉到消費者。

3 **The retailer has assembled a team in Singapore to examine the problem.**

該零售商在新加坡組建了一隊團體來調查這個問題。

4 **Importers and retailers have been instructed to recall these products.**

進口商和零售商已接到指示回收這些產品。

5 **The wholesalers deal with the logistics of the products and reports the sales figure to us on a regular basis.**

批發商會處理商品的物流運輸並固定每隔一段時間跟我們報告銷售情況。

6 **If we sell the products to a retailer with a bad reputation or poor after-sales service, we could ruin our own reputation.**

如果我們把產品分銷給一個信譽不好或售後服務差的零售商，我們等於自毀名聲。

7 **Let's start with our marketing options.**

讓我們先來看看我們有哪些可選擇的行銷方式。

8 **Let's discuss how to promote the sales of our new product now.**

現在讓我們討論一下如何提升我們新產品的銷售。

9 **I think that a good marketing channel is crucial and indispensable to the success of exporting.**

我認為一條好的行銷管道對順利出口極其重要而且是不可或缺的。

10 **Mr. Chang carries the weight of developing the marketing of the Bangkok area.**

張先生負責曼谷地區市場的開發。

11 **Sharon's work is to develop independent and powerful sales channels.**

雪倫的任務是發展獨立和強大的行銷管道。

 類型 5 **與「銷售計畫、策略」相關的行銷句子**　　🎧 MP3 043

1 **A marketing plan often boils down to developing your roadmap.**

一份行銷計劃通常可歸結為制定出產品銷售的方向。

2 **A good plan conveys your company's vision to target markets, customers and employees.**

一個好的銷售計劃傳達的是你公司對目標市場、消費者及員工的洞察力。

3 **One of the marketing secrets is creating quality marketing tools.**

行銷的祕訣之一就是製造高品質的行銷工具。

4 **You need to put deep thought into the image you want to present.**

你需要仔細思考如何向消費者展示你的產品形象。

類型 6 **與「競爭對手相比」的行銷句子**　　🎧 MP3 044

1 **Compared with the competing products, ours is smaller and lighter. In addition, it's easier to operate.**

和競爭對手的產品相比，我們的更輕巧，除此之外，還更容易操作。

2 **We know where our rivals sit and the challenges we face.**

我們了解競爭對手的處境及我們面臨的挑戰。

3 **Our product is superior to our competitor's product, and yet we're able to sell it at the same price.**

我們的產品優於競爭對手的產品，但是我們可以用相同的價格出售。

4 **In that case, our competitors will occupy the market ahead of us.**

如果那樣的話，我們的競爭對手將會在我們之前先佔據市場。

5. **We need to collect information on our competitor's advertising and promotion.**
我們必須蒐集競爭對手廣告和促銷的資訊。

6. **Since our product is totally original, I don't think other competitors can copy it soon.**
因為我們的產品很有獨創性，我不認為我們的競爭對手在短時間內能夠模仿出來。

7. **Presently, most of our rivals are busy keeping themselves from going bankrupt.**
目前我們大部分的競爭對手正忙於擺脫倒閉的危機。

8. **I want to steal a march on opening up a new market in Korea.**
我想比競爭者早一步在韓國開拓新市場。

9. **The price of the product is higher than that of the others on the market.**
這產品的價格比市場上的其他同類商品高。

10. **If our competitors quickly bring a similar model to the market, it will affect our sales.**
假如我們的競爭對手很快地在市場上推行相似的機種，將會影響我們的銷售量。

11. **Once our competitors launch their water heater during the growth stage, we're going to have our work cut out for us.**
只要我們的競爭對手在成長階段推出他們的熱水器，我們就得面對強大的挑戰。

類型 7 與「延期、規格、壽命、故障服務」相關的行銷句子

🎧 MP3 045

1. **We probably should delay the release time of our new product.**
我們或許應該延遲發佈新產品的發表日期。

2. **What should I do if something goes wrong while we're using it?**
如果在我們使用的時候發生故障該怎麼辦？

3 **What are the specifications?**
有哪些規格呢？

4 **What about its service life?**
它的使用壽命如何？

5 **You'll find all the specifications on page six of the brochure.**
您可以在手冊的第六頁找到所有的規格。

6 **Our test indicates that this model has a service life of at least two years.**
我們的實驗顯示此種機種至少可使用兩年。

7 **Can you have it repaired?**
你能找人修好它嗎？

8 **We guarantee the quality of the product we've sold for one year.**
我們售出的產品品質保固一年。

9 **It is very costly to pay for fixing after the expiration of the guarantee.**
保固期過了後維修費會很高。

10 **Your guarantee will offer you free service and parts.**
憑保固單您可以享受免費維修服務。

11 **We can supply you with various maintenance services to increase the performance and lifespan of our products.**
我們可以提供您各種維修服務來增強我們產品的性能和壽命。

12 **A cost estimate is free.**
費用估算是免費的。

13 **You may dial our 24-hour hot-line for business information.**
您可撥打我們 24 小時的熱線電話進行業務諮詢。

14 **I am afraid it is out of warranty.**
恐怕已經過了保固期。

15 **One part of my job is to find out how customers are using our company's products and give them any information they need about our products.**

我工作的一部份是去了解客戶對本公司產品的使用情況並向他們提供任何所需的產品信息。

16 **It's extremely important for us to get feedback from our customers, whether positive or negative.**
得到客戶的回饋意見對我們來說是極重要的，不論是正面或是負面的。

17 **I have some questions regarding the after-sales service.**
我有一些關於售後服務的問題。

18 **All repairs are billed at cost after the warranty expires.**
保修期限過後，一切修理只收取成本費。

 類型 8 與「網站」相關的行銷句子 ◎ MP3 046

1 **The level of maintenance and site management depends largely on your business type.**
網站的維護和管理主要取決於您的生意類型。

2 **A free site builder can get you online at no charge.**
免費網站製作可以讓你免費上線。

3 **Even though building the content is the central task, the maintenance and management is absolutely indispensable.**
雖然建立內容是主要工作，但維護與管理是絕對不可或缺的。

4 **A good website does great help to a business.**
好的網站對於企業有極大助益。

5 **With the rapid development of the Internet, building a website is becoming more and more important for a company.**
隨著網際網路的迅速發展，建立網站對於一家公司來說變得越來越重要。

① **Create quality marketing tools.**

製作高品質的行銷工具。

（亦即需要審慎思考，向消費者展現你公司產品的形象，如何吸引他們。）

② **Focus as narrowly as possible.**

盡可能地縮小目標範圍。

③ **Offer an e-newsletter.**

提供電子商務通訊。

④ **Join a chat forum online.**

加入網路論壇，以便找到你所需要的各種重要信息。

⑤ **Offer samples of work.**

提供實作樣本，展現你的工作品質。

⑥ **Make the most of trade show.**

充分利用貿易展。

（在展後要進一步的跟進銷售機會，如銷售人員的電話聯繫。）

⑦ **Host a seminar.**

主辦研討會。

⑧ **Get local news coverage.**

爭取當地媒體的報導，增加曝光機會。

⑨ **Offer a guarantee.**

提供保證。

（很多人會試用你的產品，進而向別人推薦。）

⑩ **Use word of mouth marketing.**

利用口耳相傳，以利行銷。

行銷可能是促銷一個產品、一個公司，也能是一個活動、事件 (event)，甚至是人物。在本單元中我們將聽到網路公司、五星級飯店，以及目前年輕人所嚮往的模特兒經理公司的尋人啟事，內容可說皆與讀者的生活息息相關。

讓我們先來複習形容產品的形容詞字眼，做個小暖身！

🎧 聽力小幫手　💿 MP3 047

● 聽力中常遇到的「形容產品」的字眼

☐ **manual** 手工的	☐ **numerous** 許多的
☐ **graceful** 優雅的	☐ **pleasant** 舒適的
☐ **exquisite** 優美的	☐ **prompt** 迅速的
☐ **durable** 耐用的	☐ **available** 可取得的
☐ **moderate** 適中的	☐ **delicate** 精緻的
☐ **convenient** 方便的	☐ **superior** 出色的
☐ **evident** 明顯的	☐ **dependable** 可靠的
☐ **elegant** 優雅的	☐ **excellent** 卓越的
☐ **polished** 擦光的	☐ **wide varieties** 品種繁多
☐ **distinctive** 有特色的	☐ **exquisite workmanship** 做工講究
☐ **salable** 暢銷的	☐ **cheap and fine** 物美價廉
☐ **attractive** 吸引人的	☐ **reliable reputation** 信譽可靠
☐ **vivid** 生動的	☐ **novel in design** 款式新穎
☐ **ample** 豐富的	☐ **deft design** 設計精巧

🎧 聽力演練

🎧✎聽力演練 1 聽聽看，試選答案！　💿 MP3 048

____ ① How do you get the company signup sheet?

(A) Click on the chat room or friend of your choice.

(B) Log on to their website and fill out a survey.

(C) Submit your survey results.

(D) Log on to their server.

____ ② What kind of company is VoiceTalk?

(A) A dot-com company.

(B) A long distance phone company.

(C) An Internet survey statistical service company.

(D) A microphone and speaker retail company.

____ ③ What is a "dot-com" company?

(A) A company that makes dots.

(B) A communication company.

(C) An on-line company.

(D) A computer company.

解答

① (B)　② (A)　③ (C)

錄音內容

看看你的問題在哪裡：請搭配 MP3 跟讀，並注意發音、連音、速度、語調、語氣、重音字。

Questions 1-3 refer to the following announcement.

Thanks to increasing competition, Internet users can now cut their phone bills in half. VoiceTalk is one of the many new dot-com companies that are now offering free long distance services if you sign up. It's simple and easy. Just log on to their website and fill out a short survey, which will guide you to their company signup page. VoiceTalk access will be given to you free by logging in through their server. Then, simply click on the chat room or friend of your choice and talk for as long as you'd like. The software is designed to use your computer's own microphone and speakers so there are no extra costs.

拜競爭增加之賜，網路使用者現在能將他們的電話費降低一半。「語音對話」是眾多新興網路公司之一，如果您申請，就提供免費長途電話服務。既簡單又方便。只要您上他們的網站並填一份簡短的問卷，它就會指引你到公司的申請頁面。經由他們的伺服器您就可以免費進入「語音對話」的系統。然後您只要按聊天室或您所選的朋友，就可以愛聊多久就聊多久。這軟體經設計能利用您電腦裡的麥克風和擴音器，因此不需額外收費。

題目 & 選項中譯

① 要如何取得公司的申請單？

　(A) 按聊天室或你所選的朋友。

　(B) 進入他們的網站並填一份問卷。

　(C) 傳送你的問卷結果。

　(D) 進入他們的伺服器。

② 語音對話是何種公司？

　(A) 一家網路公司。

　(B) 一家長途電話公司。

　(C) 一家網際網路問卷統計服務公司。

　(D) 一家麥克風和擴音器零售公司。

③ 何謂「網路」公司？

　(A) 製造斑點的公司。

　(B) 通訊公司。

　(C) 線上公司。

　(D) 電腦公司。

🎧✐ 聽力演練 2　聽聽看，試選答案！　💿 MP3 049

____ ① How many hours is the fitness room open to the guests?

　(A) 5.

　(B) 17.

　(C) 10.

　(D) 15.

_____ ② What do you do if you need a towel?

(A) Call on the courtesy phone.

(B) You'll have to go back to your room.

(C) Towels are available there.

(D) Ask for it at the front desk.

_____ ③ Where are the showers located?

(A) In the southeast corner of the fitness room.

(B) In the southwest corner of the hallway.

(C) To the southwest of the hotel.

(D) To the southeast of the fitness room.

_____ ④ Which of the following items is/are NOT available to the guests using the fitness facilities?

(A) Soap.

(B) Hair dryers.

(C) Shampoo.

(D) Toothbrushes.

....

解答

① (B)　② (C)　③ (A)　④ (D)

錄音內容

Questions 1-4 refer to the following announcement from the Physical Fitness Center of the Star Hotel.

Dear honored guests, here is a list of suggestions for you.

1. The equipment will be available to our guests from 5:30 AM to 10:30 PM.

2. Make sure you have your room key available as you check in with our fitness manager at the door.

3. Towels will be provided here; it won't be necessary to bring them from your room.

4. Be aware of the time spent on each piece of equipment. (Please voluntarily limit the Stairmaster to the 30-minute course.)

5. There are showers available in the southeast corner of this facility. Soap, shampoo, and hair dryers are available for your convenience.

6. If you need anything or have any questions, find a hotel courtesy phone and push #8; there will be someone waiting to serve you.

ENJOY!

錄音中譯

星星旅館健身房公告

親愛的貴賓，以下是我們給您的幾項建議：

1. 各項設施將在早上五點半至晚上十點半之間開放給貴賓使用。

2. 當您在入口向健身經理做登記時，請確定您隨身攜帶了自己的房門鑰匙。

3. 這裡會提供毛巾；您將不需要自己從房間帶來。

4. 請注意每項設施使用的時間。（請自動將「階梯大師」的使用時間限定於三十分鐘之內）

5. 在健身設施的東南角有淋浴設施。為了您的方便，我們準備肥皂、洗髮精、吹風機。

6. 若是您有任何需要或疑問，請打旅館內的免費電話，按下 #8，將有專人為您服務。

請盡情享受！

題目 & 選項中譯

① 健身房開放給顧客幾個鐘頭？
   (A) 五小時。
   (B) 十七小時。
   (C) 十小時。
   (D) 十五小時。

② 如果需要毛巾應該怎麼做？
   (A) 打免費電話。
   (B) 必須回自己房間。
   (C) 那兒有提供毛巾。
   (D) 向服務台索取。

③ 淋浴設施在什麼地方？

(A) 健身房的東南角。

(B) 走廊的西南角。

(C) 旅館的西南方。

(D) 健身房的東南方。

④ 下列何項用品健身設施並「不」提供給顧客使用？

(A) 肥皂。

(B) 吹風機。

(C) 洗髮精。

(D) 牙刷。

聽力演練 3 聽聽看，試選答案！ 🎧 **MP3 050**

　　本書第一章雖已有「廣告」主題，但廣告實為行銷工具之一，故在本主題中，讓我們再試試一個公司的廣告。

____ ① What age-group is KPM Modeling aiming at?

(A) Under 20.

(B) Over 30.

(C) 23-30.

(D) 18-24

____ ② According to the advertisement, which of the following nationalities is being sought after?

(A) Asian-American.

(B) African-American.

(C) American.

(D) All.

____ ③ Which of the following are applicants NOT required to provide when applying?

(A) A photo ID.

(B) A portfolio.

(C) Body measurements.

(D) A resume.

---- ④ How long has KPM been in business?

(A) 10 years.

(B) 20 years.

(C) 30 years.

(D) 40 years.

解答

① (D)　② (D)　③ (A)　④ (C)

録音内容

Questions 1-4 refer to the following advertisement.

YOU COULD BE THE WORLD'S NEXT SUPERMODEL!!!

KPM modeling agency is looking for new talent and you could be the one. KPM has been specializing in finding and promoting new talent for almost 3 decades. We deal in modeling, commercials, acting, and many other forms of media publicity. We are looking for males between the ages of 18-24 of all heights and builds. Nationality is not a concern. If you are confident of yourself, contact us at

KPM Modeling

P.O. Box 23

Boise, ID 78089

(334)-876-9900

All interested should have a professionally done portfolio, a resume listing your previous experiences, and a detailed description of body measurements.

CALL TODAY! YOUR CAREER COULD BE MOMENTS AWAY!

您可能就是下一位世界名模

KPM 模特兒經紀公司正在尋找新人，而您可能就是我們要找的人。近三十年來 KPM 專門發掘並力捧新人。我們經營的項目包括模特兒、廣告、演藝和其他多種媒體宣傳。我們正在尋求不同身高體格的 18~24 歲男性。國籍不拘。如果您對自己有信心，請與我們連絡。

KPM 模特兒經紀公司

郵政信箱 23

波伊斯，ID 78089

(334)-876-9900

意者請備專業製作的作品集、一份載明先前經驗的履歷及詳細的體格測量表。

今天就打電話！您的事業可能就近在眼前！

① KPM 模特兒經紀公司的目標鎖定在何種年齡層的人？

    (A) 二十歲以下的人。

    (B) 三十歲以下的人。

    (C) 二十三歲到三十歲之間的人。

    (D) 十八歲到二十四歲之間的人。

② 根據本篇廣告，下列何種國籍的人是被尋找的對象？

    (A) 亞裔美籍。　　　　　　　(C) 美國籍。

    (B) 非裔美籍。　　　　　　　(D) 各種國籍。

③ 應徵者應徵時「不」須提供下列何者？

    (A) 貼有照片的身份證。　　　(C) 體格測量表。

    (B) 作品集。　　　　　　　　(D) 履歷。

④ KPM 已經經營多久了？

    (A) 十年。　　　　　　　　　(C) 三十年。

    (B) 二十年。　　　　　　　　(D) 四十年。

Part 4 應考祕笈

　　行銷可是各類型考試的大熱門主題，從研究所、多益到公職，從單字、句子、克漏字到閱讀甚至是翻譯、寫作，可說是無所不在。就算不是為了考試，在職場、生活上也超有用。來，讓我們一起摩拳擦掌吧！

真題演練

真題演練 1 閱讀測驗

　　In this day and age, it would be hard to find anyone under the age of 30 who was not on Facebook or did not know how to search for information online. However, while the benefits of the Internet are inarguable, what are our new cyber skills doing to traditional ones, like reading? Academics from around the world are engaged in this very debate, in search of the answer to a controversial question—Google making us stupid?

　　Some argue that the Internet has greatly diminished our attention spans. They worry that the digital age is negatively affecting our concentration skills, and with it, our abilities to read and organize information. Indeed, some even argue that the rise of the Internet has changed the very way our brains think. In other words, we are more and more prone to absorbing only small amounts of information and losing the ability to contemplate abstract ideas. Nowadays, we don't curl up with a book and read it from beginning to end; we flip, browse, and skim—a trend that worries parents and academics.

　　Nevertheless, Web supporters counter that spending time online can, in fact, involve a lot of reading. The rise of the Internet age, they say, has sparked a different kind of reading, one in which readers interact with information and contribute to **it**. This kind of social engagement is almost impossible with books. Furthermore, online reading allows users to gather information from different sources—blogs, news, sites, photo journals—and take advantage of various perspectives (and different media) to inform their opinions.

While parents, professors, and Internet advocates continue the debate, it's perhaps best to borrow from both schools of thought. The power of the Internet is great, and all the more so if we learn to use it wisely.

（99 逢甲大學研究所）

____ ① What opinion do most parents and academics hold of the Internet?
   (A) That it affects our way of thinking.
   (B) That it does harm to our ability to focus.
   (C) That it robs us of time for serious reading.
   (D) All of the above.

____ ② According to Internet advocates, what advantage does online reading have?
   (A) It lengthens the user's attention spans.
   (B) It allows users to gather information from different sources.
   (C) It makes the activity of reading more pleasurable.
   (D) It enhances the user's ability to absorb abstract ideas.

____ ③ In the third paragraph, what does the boldfaced, underlined word "it" refer to?
   (A) The Internet age.
   (B) Reading.
   (C) Information.
   (D) Spending time online.

____ ④ What does the last paragraph suggest?
   (A) The Internet can help people resolve their disputes.
   (B) The Internet is controversial and hence of no value.
   (C) The Internet can be a useful tool if used properly.
   (D) The Internet should be limited to academic research.

_____ ⑤ Which of the following is the best title for the passage?

    (A) The Internet and Its Impact on Reading

    (B) My First Experience of Going Online

    (C) Why People Are Against the Internet

    (D) The Internet: A Powerful Information Source

解答

① (D)　② (B)　③ (C)　④ (C)　⑤ (A)

中譯

　　今日的世代，很難找到任何一個未滿三十歲不在臉書上或不知如何在線上搜尋資訊的人。然而，雖然網路的好處是無可爭議的，但我們新的網路技能對於傳統如閱讀能力做了什麼呢？世界各地的學者皆在爭論此事，試圖找尋這個具有爭議性問題的答案——Google 是不是讓我們變笨了？

　　有些人認為網路已嚴重減少了我們專注力的時間，他們擔心數位時代對我們專注的技巧，附帶的也對我們的閱讀能力和組織能力，有不好的影響。的確，有些人甚至認為，網路的普及改變了我們頭腦的思考方式。換言之，我們越來越容易只吸收資訊的一小部份而遺失了抽象思考的能力。今日，我們不再會打開一本書從頭看到尾，我們會很快翻一下，瀏覽略讀一下。這是個讓父母親及學者擔心的趨勢。

　　僅管如此，網路支持者反駁說，事實上，上網同樣需要做大量的閱讀。他們說網路時代的來臨已激起了一種不同的閱讀方式—讀者和資訊互動並做出回饋。這是書本無法做到的社交聯繫。此外，線上閱讀可以讓使用者在不同的資源中收集資訊，如部落格、新聞、網站、照片日記，或利用各種不同的觀點（和不同的媒介）來形成自己的看法。

　　儘管父母、教授和網路提倡者持續在論戰，或許最好的是兩派的想法皆採用。網路的力量很巨大，如果我們能善加利用，就更能顯示出它的優勢。

① 大部分的父母和學者對網路持何種意見？

    (A) 它會影響我們思考的模式。

    (B) 它確實會傷害我們的專注力。

    (C) 它剝奪我們認真閱讀的時間。

    (D) 以上皆是。

② 根據網路提倡者的看法，線上閱讀有何優勢？

(A) 它延長了使用者的專注力。

(B) 它讓使用者從不同的資源收集資訊。

(C) 它使閱讀的活動更加愉悅。

(D) 它提升使用者吸收抽象概念的能力。

③ 第三段中，畫底線粗體的 it 指的是什麼？

(A) 網路時代。

(B) 閱讀。

(C) 資訊。

(D) 花時間上網。

④ 最後一段暗示什麼？

(A) 網路可幫人解決紛爭。

(B) 網路是有爭議的，因此沒價值。

(C) 如果使用恰當，網路是有用的工具。

(D) 網路該侷限於學術研究。

⑤ 下列何者為這篇文章最好的標題？

(A) 網路及其對閱讀的影響

(B) 我第一次上網的經驗

(C) 為何人們反對網路

(D) 網路：強大的資訊來源

破題大法

① 本題著重於父母與學者的觀點。在文章第二段的 They worry that ... affecting our concentration skills, ... changed the very way our brains think ... we don't curl up with a book and read it from beginning to end ... 部份可找到 (A)、(B)、(C) 三個答案，故本題選 (D)。

② 題目問 online reading 的優勢為何。由第三段中訊號字 Furthermore 之後的 online reading allows users to gather information from different sources ... 可印證答案應為 (B)。

③ 題目問第三段畫底線的 it 指什麼。依句意，it 指的是其前的名詞 information，故本題選 (C)。

④ 題目問最後一段暗示什麼。以前一句 While parents, professors, and Internet advocates continue the debate, it's perhaps best to borrow from both schools of thought. 為主，後一句 The power of the Internet is great, and all the more so if we learn to use it wisely. 為輔，網路雖「爭議性大」，但「力量巨大」，妥善利用則可發揮優勢，因此本題選 (C)。

⑤ 考文章標題應以首段前一、二句之資訊為主。意即，許多年輕人使用網路，但網路是否影響了閱讀能力。另，每段第一句及尾段最後一句亦皆探討網路對閱讀的影響，故本題選 (A)。

✎ 真題演練 2 閱讀測驗

Brands are no longer limited to companies producing tangible goods—nowadays many companies in the financial, retail and service industries are all owners of well-known brands. Anyone looking for global brands that Taiwan has been able to offer over recent decades is usually able to come up with only three distinctive examples: Acer computers, Giant bicycles, and Pro-Kennex tennis rackets. Why has it been so difficult for Taiwan to create globally known brands? Taiwan might not have the luxury of being equipped with a sizable "home market" like that of the US or Japan, but it should never use that as an excuse. The real reason is that Taiwanese companies have long been "obsessed" with high-technology contract manufacturing, seeing it as the "fast and easy" way to make profits. All the OEM manufactures need to do is control costs and try to achieve higher volumes in order to make money. But they opt out of the chance to earn even greater profits by applying their own brand identity to the products they make, reaping added-value from the retail markup. Another reason lies in that Taiwan's companies forget that good brands make it easier to raise funds and they will attract the best talents who are willing to pursue individual achievements rather than salary package only.

（92 年台北大學研究所）

___ ① The subject of this passage may be stated as

    (A) building up Taiwan's brands.

    (B) looking for the U.S. brands.

    (C) making money by selling Taiwan's brands.

    (D) obsessing with high-technology contract manufacturing.

___ ② By not having brand identity to their products, Taiwan companies

    (A) had difficulty with quality.

    (B) passed up the chance of making more money.

    (C) had to endure the accusation of pirating.

    (D) all of the above.

___ ③ What is the real reason that Taiwan had difficulty creating globally known brands?

    (A) Taiwanese has long been equipped with a sizable "home market."

    (B) Taiwanese companies have long been less competitive in the world market.

    (C) Taiwanese companies have long been "obsessed" with high-technology contract manufacturing.

    (D) Taiwanese companies have long been losing self-confidence in the world market.

___ ④ Whish of the following is NOT true in referring to good brands?

    (A) Good brands are no longer limited to companies producing tangible goods.

    (B) Good brands attract good talents.

    (C) Good brands make more money.

    (D) Good brands fail to dominate the market.

___ ⑤ Who might support Taiwan's building a world famous brand?

    (A) The United States' manufactures.

    (B) Taiwanese youths who care about the sense of achievement.

    (C) The Japanese businessmen.

    (D) People who simply need a low salary.

中譯

　　品牌已不再限於製造有形商品的公司─現在許多金融公司、零售商和服務業皆擁有知名的品牌。任何想找台灣近幾十年來所創造出的世界品牌的人，通常只會想到三個顯著的例子：宏碁電腦、捷安特自行車及肯尼士網球拍。為何創造一個世界知名的品牌對台灣而言會如此困難呢？台灣可能不夠有幸，能和美國或日本那樣擁有大型的「國內市場」，但是台灣絕不可用這個當藉口。真正的原因是，台灣公司長久以來皆很「執著」高科技的承包，因為看準了它是又快又簡單的獲利方式。所有委託代工製造商只需要控制成本，為了賺錢而努力提高產量。但他們選擇放棄一個會獲利更多的機會，亦即以自己的品牌推出商品，再從零售商品的加價中，獲得附加價值。另一個原因是，台灣的公司忘記好的品牌會讓資金更易募集，並且會吸引那些願意追求個人成就而非只想領一份薪資的傑出人才。

① 此文章的主題可為
　(A) 建立台灣的品牌。
　(B) 尋找美國的品牌。
　(C) 藉由賣台灣的品牌以賺錢。
　(D) 執著於高科技承包製造業。

② 由於產品沒有品牌辨識，台灣公司
　(A) 有品質方面的困難。
　(B) 錯過賺更多錢的機會。
　(C) 必須容忍剽竊的指控。
　(D) 以上皆是。

③ 台灣難以創造全球知名品牌的真正原因為何？
　(A) 台灣長久以來具有大型的「國內市場」。
　(B) 台灣的公司長久以來在世界市場上有較弱的競爭力。
　(C) 台灣公司長久以來「執著於」高科技承包製造。
　(D) 台灣長久以來在世界市場中失去了自信。

④ 關於好品牌的敘述，以下何者為「非」？

(A) 品牌不再限於生產有形貨物的公司。

(B) 好品牌吸引好才能的人。

(C) 好品牌能賺更多的錢。

(D) 好品牌未能主宰市場。

⑤ 誰能支持台灣建立世界知名品牌？

(A) 美國的製造商。

(B) 台灣在乎成就感的年輕人。

(C) 日本生意人。

(D) 只需要低薪資的人。

破題大法

① 本文主要在提出不容易創造品牌的問題，而其原因即為台灣公司「執著」於高科技的承包，答案 (D) 最合適。

② 由文章倒數第二句，But they opt out of the chance to earn even greater profits by applying their own brand identity to the products they make ... 可知，選項 (B) 為正確答案。

③ 由第 5 句 The real reason is that .... 即可知，本題正確答案為 (C)。

④ 本題應選與 good brands 無關的選項。用消去法：在第一句看到 Brands are no longer limited to companies producing tangible goods ... 故 (A) 不可選；在最後一句看到 ... good brands make it easier to raise funds and they will attract the best talents who are willing to pursue individual achievements rather than salary package only. 故 (B) 不可選；在倒數第七行看到 ... to earn even greater profits by applying their own brand identity to the products they make ...，故 (C) 亦不可選。因此正確答案為 (D)。

⑤ 本題為推論題，從最後一句中的 ... who are willing to pursue individual achievements ... 可推知，正確答案為 (B)。

✎ 真題演練 3 克漏字

Thanks to the Internet, a quiet revolution of e-commerce is taking place. More and more people are using their computers as shopping carts. Slowly but surely, shoppers are leaving real stores and going instead to ①_____ ones.

Let's take going to the movies for example. Have you ever rushed to a theater ②_____ find the tickets were sold out? I bet you have. Now you can solve this problem by ordering your tickets online. ③_____, there are trade-offs in everything. Not being able to talk with clerks in person is a big ④_____ for e-commerce. At the online grocery store, you won't see the friendly neighborhood manager who knows you prefer ham to turkey, and you won't see any familiar faces smiling to you, either. Is it worthwhile to shop online? It's all up to you.

（101 年公務員考試）

① (A) fake   (B) convenient   (C) virtual   (D) legal
② (A) so as to   (B) only to   (C) about to   (D) in order to
③ (A) Therefore   (B) What's more   (C) Otherwise   (D) However
④ (A) limitation   (B) advantage   (C) virus   (D) dilemma

解答

① (C)   ② (B)   ③ (D)   ④ (A)

中譯

由於網路，電子商務的安靜革命正在發生。有愈來愈多的人使用他們的電腦作為購物車。慢慢地但肯定地，購物者正在遠離實體商店，而以去虛擬的商店來取代之。

讓我們以看電影為例。你是否曾衝到電影院結果卻發現電影票都賣完了？我賭你曾經有過，現在你可以藉由線上預訂你的電影票來解決此問題。然而，每件事皆有利弊，無法親自和店員談話是電子商務的一大限制。在線上的雜貨店，你無法看到知道你喜歡火腿勝過火雞肉的那位友善的鄰近經理，你也不會看到任何向你微笑的熟悉臉龐。線上購物是否值得呢？一切皆取決於你。

① (A) 假的   (B) 方便的   (C) 虛擬的   (D) 合法的
② (A) 以便……   (B) 結果卻……   (C) 即將……   (D) 為了……
③ (A) 因此   (B) 猶有甚者   (C) 否則   (D) 然而
④ (A) 限制   (B) 優勢   (C) 病毒   (D) 進退兩難

① 考 and 前後平行對稱。 and 前有 leaving real stores，而後面有 going instead to ... ones，故本題應選與 "real" 相對的 (C) virtual（虛擬的）。

② 空格前有 rushed to a theater, 而空格後有 find the tickets were sold out，由句意可推知，唯有 (B) only to（結果卻……），才能順接整句話。

③ 前一句提到線上購票的好處，後一句提到的是每件事皆有利弊，故選 (D) However（然而），以表前後相反之意。

④ 空格前的 Not being able to talk with clerks 顯然為「弊」，故選 (A) limitation（限制），句意方可順暢。

閱讀小幫手

最後我們一起來加強一下「銷售」的相關衍生字！

銷售衍生字

- **closeout / clearance** ⑧ 清倉大拍賣
- **trade-in allowance** ⑧ 舊貨折價
- **markdown** ⑧ 減價
- **shop around** 逐店比價選購
- **bargain** ⑩ 討價還價 ⑧ 特價品
- **margin / profit** ⑧ 利潤
- **return** ⑧ 獲利
- **revenue** ⑧ 總收入
- **sales quota** ⑧ 營業配額
- **sales incentive** ⑧ 銷售獎金
- **sales agent / salesclerk** ⑧ 銷售員
- **sales representative** ⑧ 業務代表
- **sales figures** ⑧ 銷售數字
- **sales turnover** ⑧ 銷售金額
- **sales objective** ⑧ 銷售目標

正如本章前面所敘述，舉凡與「食、衣、住、行」相關的任何產品、任何公司都必須透過「行銷」手段來不斷地吸收顧客上門、購買他們的產品。

以台灣而言，最受歡迎的即是「吃」，只要是食物有口碑，顧客絕對絡繹不絕。另外，隨著大家愈來愈注重生活品質，旅館業可說是最受矚目的，國定假日時一些五星級飯店經常預訂一空。由於旅館業最注重「行銷」，而且也最貼近我們的生活，因此不論讀者從事哪一種行業，飯店行銷的一些方式及概念皆可作為行銷之範本。

作者本身剛回國時，曾去某五星級飯店應徵公關。原以為「說」的能力最重要，但一到現場才發現「寫」的能力更重要，應徵者被要求寫一則「飯店週年慶特別活動」的公關信函，並且要有中、英雙語，兩種版本。由此可見「了解」、並有能力「表達」（寫＋說）活動行銷的重要性。在本單元中，我們將以飯店業的一些行銷活動為主軸，以利讀者學習與應用。

五個行銷範例

1 飯店業對「住房」的行銷

For a conference venue that will be unforgettable, few places on earth can match the beauty of Phuket. Away from the pressure of ringing phones and difficult customers, your valued employees can relax on Thailand's paradise island, surrounded by the pure clear water of the Andaman Sea.

Accommodation is in local bamboo style bungalows set in 13 hectares of tropical vegetation. With very little traffic to disturb the peace, your staff can listen to the sounds of the birds and the wind in the palm trees. This is the perfect place to encourage communication, company loyalty, team spirit and successful sales forces.

*5 restaurants, 3 bars and a night club

*Conference facilities and equipment including white board, multi-system

中譯

　　就令人難忘的會議地點而言，地球上極少有地方可與普吉島的美相提並論。遠離響不停的電話鈴聲及難處理客戶的壓力，您的重要員工能在這個被清澈安達曼海所環繞的泰國天堂島上好好地放鬆。

　　住宿地點是位於 13 公頃熱帶植物林中的竹子小屋。鮮有吵雜車聲擾人清靜，您的員工們在這裡可以聽見鳥聲和吹過棕櫚樹間的風聲。這是個鼓勵溝通、公司忠誠、團隊精神和成功銷售能力的完美地點。

* 5 家餐廳、3 間酒吧和一間夜總會
* 會議廳設備、器材包括有白板、多系統 VCR、16 mm 電影投影機、70 mm 螢幕、翻頁的掛圖紙、音響系統、有線麥克風、基本花卉裝飾、供應文具的教室等。
* 游泳、浮潛、網球、壁球、高爾夫球、射箭、排球、籃球和乒乓球。

2 飯店業對「特殊節日」（情人節）的行銷

SPECIAL EVENT "VALENTINE'S DAY"

On 14th February 2014, the Sun Club, 30th Floor of Shining Hotel Taipei.

Say "I LOVE YOU" by the most romantic pool view in Taipei. For an unforgettable experience, book your Valentines dinner at The Sun Club with 4-set menu for NT 8,000 per couple.

For reservation or more information, please contact +8862 25122020 or facebook.com/shine Taipei

中譯

「情人節」特別活動

2014 年 2 月 14 日在台北閃耀旅館 30 樓太陽俱樂部，擁有台北最羅曼蒂克的游泳

池景觀旁說「我愛你」。想要一個令人難以忘懷的經驗，就在太陽俱樂部預約您的情人節四套組晚餐，每對情侶 8,000 元台幣。

若要預約或取得更多的資訊，請電 +886225122020 或是上臉書 facebook.com/shine Taipei

3 飯店業的「禮品」行銷

BE READY "GET YOUR VALENTINE GIFT AT CHOCLAB"

From today until Valentine's Day, get your valentine gifts for your beloved one with chocolate rose in a box (NT 500), chocolate heart in a box (NT 300), Red & Gold heart-shaped chocolates—5 hearts (NT 350) / 9 hearts (NT 600), Valentines hamper with a bottle of Rose sparking wine, a box of chocolate and a teddy bear (NT 3,000).

Let us make your Valentine's Day memorable with us at Choclab, ground Floor of Shining Hotel Taipei.

中譯

準備在 "CHOCLAB" 購買您的情人節禮物

從今天起到情人節，替你心愛的人準備包括有盒裝巧克力玫瑰（台幣 500 元）、盒裝心型巧克力（台幣 300 元）、紅色和金色心型巧克力五顆心（台幣 350 元）／九顆心（台幣 600 元），以及內含一瓶玫瑰泡沫酒、一盒巧克力和泰迪熊一隻的禮品籃（台幣 3,000 元）等情人節禮物。

讓台北閃耀旅館一樓的 Choclab 給您一個難忘的情人節！

4 飯店業的「服務」行銷

Only from 1st September to 30st September 2014

Hot candle wax works as a stimulant to boost blood circulation and can give much needed relief to muscular pains. Try our shooting hot Candle Massage at the Shining Hotel Spa and choose from candle aromas including fruity citrus, beautiful roses, and lavender. The treatment, which last for 120 minutes, is NOW priced at NT 4,000.

Available throughout September at the Shining Spa on the 40th floor of The Shining Hotel Taipei.

中譯

只限 2014 年 9 月 1 日到 9 月 30 日！

熱蠟燭蜜蠟可以刺激血液循環並能給您針對肌肉疼痛所需的放鬆。試試我們閃耀旅館水療池的射擊式熱蠟燭按摩，您可選擇包括水果柑橘類、美麗玫瑰和薰衣草等蠟燭香味。這個 120 分鐘的療程現在只要 4,000 元。

整個 9 月，台北閃耀旅館 40 樓的閃耀水療池皆提供此項服務。

5 看似介紹飯店，實為「行銷」目的的信函

很多時候，客人住進飯店之後常會有「陌生」的感受，因此一家頂級的旅店應該具備有「歡迎」及「介紹」雙重意義的貴賓信函來「行銷」該飯店，以讓入住旅客的評價較高，也可提升再度回來住宿，甚至是介紹給其他親朋好友的機率。

Dear Mr. Harris,

A warm welcome to the Shining Hotel Taipei and thank you for choosing to stay with us. Every member of our staff is here to make your time in our hotel and our city a truly memorable one.

Shining believes in living every moment with the spirit of happiness. Meanwhile, we invite you to share our culture, our spirit and our extensive range of services and facilities available to you.

Your comments are most welcome and appreciated. If there is anything we can do to make your stay with us more pleasurable, please do not hesitate to call on us. Our Shining Services are available 24 hours to assist you with any of your needs during your stay.

We are truly pleased to have you with us. We wish you enjoy your stay and return soon to this bustling metropolis.

Yours sincerely,

John Lawrence
General Manager

親愛的哈里斯先生：

　　熱誠地歡迎您來到台北閃耀旅館並感謝您選擇在我們旅館住宿。這裡的每位員工將使您在旅館的住宿及待在本城市的期間成為非常難以忘懷的一個回憶。

　　閃耀旅館宗旨在於確保活著的每一刻皆與快樂心靈同在。在此同時，我們也邀請您分享我們的文化精神以及我們所提供的各種服務和設備。

　　歡迎並感謝您提供您寶貴的意見。若有任何我們能夠使得你的住宿更加愉悅的地方，請不要客氣打電話給我們。閃耀旅館提供 24 小時的服務以滿足您在住宿期間所需要的一切。

　　我們非常高興您的光臨，希望您享受您的住宿，並在不久之後能再回到這個忙碌的大城市。

約翰勞倫斯
總經理
敬上

 **賣場常見標語**

Final Clear-out 清倉大拍賣

Closing Sale 結束大拍賣

Buy One and Get One Free 買一送一

Best Quality, Lowest Price 物美價廉

Last Chance 最後機會

Good Buys 划算的商品

Clearance Sale 清倉特賣

Hot Buy 熱賣商品

Save Up To 30% Off 7 折優惠

Monthly Best Sellers 本月暢銷品

Direct From The Manufacturer 廠商直銷

Sales 50% Off Original Price 打 5 折銷售

Customer Care Is Our Top Priority 顧客至上

Sale At Breakdown Price 跳樓價拍賣

Anniversary Sale 週年慶大拍賣

20% Off With This Flyer 憑此宣傳品優惠 8 折

Best Value 超值優惠

Major Cards Accepted 本店受理各大銀行卡

Save Big 為您節省一大筆錢

以下幾則專欄為職場上極實用的銷售觀念提點，可讓你的行銷更具完整與專業化！

【專欄 1】銷售計劃提點

❏ **the purpose of your marketing** 市場推廣的目的
❏ **target audience market** 目標族群
❏ **identify** 產品之「形象」
❏ **tactics and strategies** 策略與戰略
❏ **niche** 利基
❏ **marketing budget** 市場推測之「預算」
❏ **the benefits and competitive advantage** 產品的優點競爭優勢

【專欄 2】市場調查用詞整合

❏ **marketing objectives** ⑧ 市場目標
❏ **counter action** ⑧ 反制策略
❏ **competitive strategy** ⑧ 競爭策略
❏ **market share** ⑧ 市場佔有率
❏ **refresh** ⑩ 更新
❏ **renew** ⑩ 重建
❏ **new identity** 企業新形象

【專欄 3】行銷策略規劃中的 SWOT

➡ **SWOT** 是由 **Strength**（優點）、**Weaknesses**（缺點）、**Opportunities**（機會）、**Threats**（威脅）所組成的頭字語 (acronym)
➡ **SWOT** 亦是公司在決定可能方案及投資時所必要評估的內外在因素。此分析包括了四大項：
  ① **How can we use each strength?** 我們可以怎樣發揮每一優點？
  ② **How can we stop each weakness?** 我們可以怎樣防止每一項缺點？
  ③ **How can we exploit each opportunity?** 我們可以怎樣利用每個機會？
  ④ **How can we defend against each threat?** 我們可以怎樣抵擋每一種威脅？

　　本單元將就行銷相關的字彙、句子、克漏字、聽力及閱讀這五大項目來幫同學補練一下行銷戰力！！

✎ 評量 1　字彙題

(A) varied　(B) mix　(C) link

（1-3 題答案請從框中選出）

① Traditionally marketing _____ is price, place, promotion, and product.

② Sales promotion are _____. Often they are original and creative.

③ Promotion is the communication _____ between sellers and buyers for the purpose of influencing, informing, or persuading a potential buyer's purchasing decision.

④ Many Internet users like to _____ interesting messages to their friends because it can be done with just a click. （101 公務人員考試）
(A) confirm　(B) forward　(C) reward　(D) reflect

✎ 評量 2　克漏字

　　Thousands of people are rushing to the department stores as the winter sales begin. Shops have decided to reduce prices to encourage people to spend more money. Even though shoppers usually enjoy ①_____ their money, they are being much more careful with it this year. Experts say that full-price shopping is down by around 7% compared to last year, while shopping at the sales has increased by the same ②_____. Consumers want to pay the ③_____ price possible. More interestingly, during these sales 5% more people have taken ④_____ leave from work. Some people, it seems, feel they need to pretend to be physically uncomfortable so that they can pick up a bargain or two at the sales.

_____ ① (A) earning   (B) investing   (C) spending   (D) wasting

_____ ② (A) amount   (B) method   (C) scale   (D) weight

_____ ③ (A) heaviest   (B) full   (C) lowest   (D) original

_____ ④ (A) family   (B) French   (C) maternity   (D) sick

✍ 評量 3　句子重組

請讀者將下列的句子按正確順序排列。

(A) Vitablend is a blend of essential vitamins and minerals created specifically for the older you.

(B) The unique combination of ingredients in Vitablend has been clinically tested and proven to give you energy and health.

(C) Make Vitablend a supplement of your daily diet, and you will soon begin to feel youthful again.

(D) Want to get the most out of life? Just start by getting more out of your multivitamin.

_____ ➡ _____ ➡ _____ ➡ _____

✍ 評量 4　聽力練習　◉ MP3 051

_____ ① According to the advertisement, what can trigger depression?

    (A) Lose of appetite.

    (B) Trouble feeling pleasure.

    (C) Feeling unusually sad..

    (D) Divorce or death.

_____ ② According to the advertisement, when is treatment recommended for those suffering from depression?

    (A) When they have spare time.

    (B) Immediately.

    (C) In the next couple of weeks.

    (D) After calling for an appointment.

Questions 1-5 refer to the following passage.

As Facebook prepares for a much-anticipated public stock offering this spring, the company is eager to show off its momentum by building on its huge membership: more than 800 million active users around the world and roughly 200 million in the United States, or two-thirds of the population. But the company is running into a **roadblock**. Some people, even younger ones, refuse to participate, including people who have given Facebook a try. One of Facebook's main selling points is that it builds closer ties among friends and colleagues. But some who avoid the site say it can have the opposite effect of making them feel more alienated. The Facebook-free life has its disadvantages in an era when people announce all kinds of major life milestones on the Web. But many people now feel that their Facebook accounts have created distance between them and their closest friends, so they shut their accounts down. Facebook executives say they don't expect everyone to sign up. Instead they are working on ways to keep current users on the site longer. And the company's biggest growth is now in places like Asia and Latin America, where there might be people who have not heard of Facebook. The number of Americans who visited Facebook grew only 10 percent over the previous year, according to analysts who track Internet traffic. Nonetheless, many analysts said this slowdown was not a **make-or-break** issue. What does matter is Facebook's ability to keep its millions of current users coming back.

（101 年中正大學研究所考題）

_____ ①　What is the main idea of this passage?

(A) Facebook now has more users in Asia and Latin America.

(B) Facebook is still the most powerful social-network website.

(C) Facebook is facing the challenge of keeping current members.

(D) Facebook has two-thirds of its users from the United States.

_____ ② What word is "roadblock" closest in meaning to?

(A) obstacle   (B) roadwork   (C) devastation   (D) roadmap

_____ ③ According to the passage, why do some people refuse to have a Facebook account?

(A) Facebook is not powerful and they don't want to give it a try.

(B) Facebook doesn't make them feel more connected with others.

(C) They have not heard of Facebook on the Internet.

(D) They prefer not to post major life events on the Internet.

_____ ④ What does the phrase "make-or-break" mean?

(A) collective   (B) critical   (C) consistent   (D) controversial

_____ ⑤ What can be inferred from the passage?

(A) The slow growth in the number of new American visitors worries both analysts of Internet traffic and Facebook executives.

(B) Facebook executives worry about the slowdown in growth in the United States, but analysts of Internet traffic are optimistic.

(C) Both Facebook executives and analysts of Internet traffic are pessimistic about the future of Facebook.

(D) None of Facebook executives and analysts of Internet traffic consider the slowdown in growth in the United States a serious issue.

✎ 評量 6 閱讀測驗

推銷一個城市範例：

Spring is the most beautiful time of the year to visit Rome—flowers begin to bloom, café tables reappear on bustling sidewalks, and crowds of summer tourists are yet to arrive.

Before dawn, head up to the Janiculum Hill to catch the sunrise. From here you'll be able to see the Vatican, Pantheon, Colosseum, and Borghese Gardens. Then you can stroll through the oldest morning market, Campo di Fiori, to pick up some fresh fruit and flowers. Proceed from the Campo towards the Pantheon. Built in A.D. 124 as a temple to all the gods of Rome, the Pantheon remains today as a catholic church and a tomb for Italian celebrities, such as the artist Raphael and king Vittorio Emmanuelle II. Around the Pantheon, you can't miss the best Italian coffee. Romans are passionately divided as to who makes the best cup: Sant Eustachio, steps behind the Pantheon, or Tazza d'Oro, a few feet in front of the Pantheon. Take your coffee in the traditional Italian way: standing up at the bar.

Spend the rest of the morning exploring St. Peter's Basilica and the Vatican Museums. Vatican City is full of extraordinary artworks and monuments of history. Don't forget to climb to the top of St. Peter's for an incredible view. In the afternoon, head to the Borghese for a leisurely stroll through the garden. If you are in the mood for shopping, head down the Via Babuino towards the Spanish Steps. Essential to any afternoon in Rome are a few scoops of ice cream. Go to the renowned Giolitti, in the Piazza Colonna, and try their 40 flavors of ice cream. You may see Italian politicians flocking here between their government meetings.

（99 年地方特考）

_____ ① Who is most likely to be the writer of this article?
　　(A) an Italian chef　　(B) a travel guide
　　(C) a politician　　(D) a physicist

_____ ② Where can a tourist go if he/she wants to take a walk in the garden?
　　(A) Borghese　　(B) Campo di Fiori
　　(C) Colosseum　　(D) Via Babuino

_____ ③ What is Giolitti famous for?
　　(A) outstanding artworks
　　(B) government meetings
　　(C) a beautiful view of Rome
　　(D) various flavors of ice cream

____ ④ Which statement about the Pantheon is true?

(A) Raphael's tomb is in there.

(B) It was built more than 2,000 years ago.

(C) Today the Pantheon is a well-known museum.

(D) It was designed by king Vittorio Emmanuelle II.

____ ⑤ Which of the following statements is NOT true?

(A) Spring is the best season to visit Rome.

(B) The best Italian cafes are near the Vatican Museum.

(C) The Janiculum Hill and St. Peter's provide great views of Rome.

(D) Italian people like to stand up at the bar and have their coffee.

🔑 解答

評量 1

① (B) mix   ② (A) varied   ③ (C) link   ④ (B) forward

【中譯】

① 行銷組合傳統上來說是指價錢、地方、促銷和產品。

② 商品的促銷方式是多變化的，它們通常是新穎、有創意的。

③ 促銷是介於買賣者之間的聯結，其目的在於影響、告知或說服潛在買者做購買的決定。

④ 很多網路使用者喜歡轉寄有趣的訊息給他們的朋友，因為只要輕點一下即可做到。

　(A) 確認　(B) 轉寄　(C) 回報　(D) 反射

評量 2

① (C)　② (A)　③ (C)　④ (D)

【中譯】

　　冬季特賣一開始就有上千人衝進百貨公司搶購。商家已決定降價以鼓勵消費者花更多錢購物。以往消費者樂於花錢買東西，但今年他們花錢時卻小心翼翼。專家說今年在不打折的商品上的買氣和去年相比較下降了 7%，但折扣商品的買氣則較去年增加了 7%。消費者想要盡可能付最低的價錢。有趣的是，在特賣會上有 5% 以上的人是請病假來購物的。看來有些人是覺得他們需要假裝身體不舒服以方便來搶購特價品。

①	(A) 賺	(B) 投資	(C) 花	(D) 浪費
②	(A) 數量	(B) 方法	(C) 規模	(D) 重量
③	(A) 最重的	(B) 滿的	(C) 最低的	(D) 原始的
④	(A) 家庭	(B) 法國的	(C) 母性	(D) 生病的

評量 3

(D) ➡ (A) ➡ (B) ➡ (C)

【中譯】

　　想活得更充實嗎？就從您的複合維他命開始吧！「綜合維他」是為了年長的您所特別設計製造之必要維他命和礦物質的混合體。「綜合維他」的獨特組合成分經醫學臨床證實可提供您活力與健康。讓「綜合維他」成為您日常飲食的補充品，您很快就能再次感覺充滿了朝氣。

評量 4

① (D)　② (B)

【錄音內容】

Questions 1-2 refer to the following advertisement.

This is a special informational broadcast by the Meyer's Clinic for Depression. Depression is a real illness with real causes. It can be triggered by stressful events, such as divorce or death. If you know anyone having trouble sleeping, feeling unusually sad, or finding it hard to concentrate, advise them to seek treatment now. Other symptoms may include loss of appetite, lack of energy, or trouble feeling pleasure. We can help fight depression and make life worth living. Call 555-2215 for more details. Call today.

【中譯】

這是梅爾憂鬱症診所的特別廣播報導。憂鬱症是一種有確切病因的疾病。它會由一些壓力事件，比如離婚或死亡，所觸發。如果你知道任何人有睡眠障礙、感覺異常悲傷、或是難以集中注意力，請建議他們現在就尋求治療。其他可能的症狀包括喪失食慾、缺乏活力、無法感覺愉悅。我們能協助對抗憂鬱症，讓生命更值得活。詳情請洽555-2215。今天就打。

① 根據本則廣告，何者會觸發憂鬱症？

　(A) 喪失食慾。

　(B) 無法覺得愉快。

　(C) 感到異常悲傷。

　(D) 離婚或死亡。

② 根據本則廣告，那些受憂鬱症所苦的人應於何時尋求治療？

　(A) 當他們有空時。

　(B) 立刻。

　(C) 往後幾週之內。

　(D) 打電話預約之後。

評量 5

① (C)　② (A)　③ (B)　④ (B)　⑤ (D)

【中譯】

由於臉書今年春天將進行大家期待的公開發行股票，該公司熱切地想藉由龐大的會員來展現其氣勢：全世界現有 8 億個有效用戶，而在美國大約就有 2 億，也就是三分之二的人口。但該公司正遭遇一項障礙。有些人，甚至是年輕人，拒絕加入，包括已經試用過臉書的一些人。臉書的主要賣點之一是，它可以在朋友和同事間建立起較密切的關係。但一些拒絕該網站的人認為，它有會使得他們感到更疏離的反效果。在人們會在網路上公開所有重大人生里程碑的時代，沒有臉書的生活的確有其缺點。但許多人現今覺得臉書已經拉開他們及他們最親密的朋友間的距離，因此就將它關閉了。臉書高層說，他們並不指望每個人皆註冊。他們希望的是想辦法讓現今的用戶留在網站上久一些。目前該公司最大增長的地方為亞洲和拉丁美洲，這些是可能有尚未聽過臉書的人口之地。根據追蹤網路流量的分析家們的看法，在美國造訪臉書的人口數量只比去年成長 10%，然而，很多分析家說，速度慢下來並不是該公司成敗的議題。重要的是，臉書能夠讓當前數百萬計的用戶不斷回流的能力。

① 本文的主旨為何？

　(A) 臉書現今在亞洲和拉丁美洲擁有較多的用戶。

　(B) 臉書仍是最強的社群網站。

　(C) 臉書目前正面臨留住目前會員的挑戰。

　(D) 臉書有三分之二的用戶來自美國。

② 哪個字意思上最接近 "roadblock"？

(A) 障礙　　　　(B) 道路施工　　　　(C) 毀壞　　　　(D) 公路地圖

③ 根據本文，為何有些人拒絕擁有臉書的帳號？

(A) 臉書不夠強，因此他們不想去嘗試。

(B) 臉書並沒讓他們感到和別人關聯更緊密。

(C) 他們還沒在網路上聽過臉書。

(D) 他們不想在網路上 PO 重要的生活事件。

④ 片語 "make-or-break" 之意為何？

(A) 集體的　　　　(B) 關鍵重要的　　　　(C) 一致的　　　　(D) 引起爭論的

⑤ 從本文可推論出什麼？

(A) 新美國訪客數量的緩慢成長令網路流量分析家及臉書管理階層擔憂。

(B) 臉書管理階層擔憂美國的成長緩慢，但是網路流量分析家則感到樂觀。

(C) 網路流量分析家及臉書管理階層皆對臉書的未來感到悲觀。

(D) 沒有任何網路流量分析家或臉書管理階層認為臉書在美國的緩慢成長是個嚴重的議題。

評量 6

① (B)　② (A)　③ (D)　④ (A)　⑤ (B)

【中譯】

　　春天是一年之中造訪羅馬最美的時候─花朵開始盛開，咖啡店的桌子重現在繁忙的人行道上，而夏日的大批遊客群還沒來到。

　　在日出前，到 Janiculum 山上去看日出。從這裡你可看到梵蒂岡、萬神殿、圓形競技場和波克賽花園。然後你可散步穿越最古老的晨間市場 ─Campo di Fioori─ 挑選一些新鮮水果和花朵。再從市集向萬神殿前進。萬神殿建於西元 124 年，是為羅馬所有神祇興建的廟宇，它是今日仍為一天主教教堂及義大利名人，比如藝術家拉菲爾和國王 Vittorio Emmanuelle 二世，之墓地。你也不能錯過萬神殿附近的義式咖啡，羅馬人分兩派激昂地爭論誰能做出最好喝的咖啡：是萬神殿幾台階後面的 Sant Eustachio，還是神殿前面的 Tazza d'Oro。用傳統義大利的方式品嚐你的咖啡：站在吧檯前喝吧！

　　剩下的早上就去探索聖彼得教堂的長方形會堂和梵蒂岡博物館。梵蒂岡市充滿了許多特別的藝術品和歷史紀念碑。別忘了爬上聖彼得的屋頂看看不可思議的風景。下午，前往玻克賽花園，在花園中悠閒地漫遊。若你想購物，就走 Via Babuino 前往西

班牙台階。任何一天的午後，在羅馬不可或缺的東西就是幾勺冰淇淋。去克隆納廣場上有名的 Giolitti 冰淇淋店，品嚐他們四十種口味的冰淇淋。你也許會看到義大利的政治人物在政府會議期間的空檔聚集於此。

【題目與選項翻譯】

① 這篇文章最可能的作者為何人？

(A) 一個義大利廚師　　　　　(B) 一個導遊

(C) 一位政治人物　　　　　　(D) 一位物理學家

② 若觀光客想在花園中散步，可以去哪裡？

(A) 玻克賽花園　　　　　　　(B) Campo di Fiori

(C) 圓形競技場　　　　　　　(D) Via Babuino

③ Giolitti 以什麼聞名？

(A) 傑出的藝術品　　　　　　(B) 政府會議

(C) 羅馬的美景　　　　　　　(D) 不同口味的冰淇淋

④ 哪個關於萬神殿的敘述為真？

(A) 拉菲爾的墓在那裡。

(B) 它在兩千多年前興建。

(C) 現今的萬神殿是知名的博物館。

(D) 它由國王 Vittorio Emmanuelle 二世所設計。

⑤ 以下敘述何者為「非」？

(A) 春天是拜訪羅馬的最佳季節。

(B) 最好的義大利咖啡館在梵蒂岡博物館附近。

(C) Janiculum 山和聖彼得教堂提供羅馬最好的風景。

(D) 義大利人喜歡站在吧檯喝咖啡。

【破題大法】

① 本題問文章的「作者」。本文的三段內容明顯皆與旅遊、觀光有關，因此合理的答案為 (B) a travel guide。

② 題目中提到 take a walk 及 garden，可從文章找同樣的字或同義字，由第三段中的 In the afternoon, head to the $\boxed{\text{Borghese}}$ for a leisurely stroll through the garden. 即可知正確答案為 (A) Borghese。

③ 題目問 Giolitti 這個地方，因此回文章找有該字的句子及前後句。由第三段中的 Go to the renowned Giolitti, in the Piazza Colonna, and try their 40 flavors of ice cream. 可知，本題應選 (D) various flavors of ice cream。

④ 題目問關於 Pantheon 何者為真，即去看與該字有關的句子，並利用消去法找出正確答案。關於 Pantheon 正確的敘述，根據文中 "Built in A.D 124 as a temple to all the gods of Rome, the Pantheon remains today as a catholic church and a tomb for Italian celebrities, such as the artist Raphael and king Vittorio Emmanuelle II." 陳述可知，Raphael 的墳墓在此，故選項 (A) 為正確；Pantheon 建立的時間為紀元後 124 年，距今不到兩千年，故選項 (B) 錯誤；另外，這是一間神廟，而非博物館，所以選項 (C) 亦錯誤；而選項 (D) 提到神廟的設計者，這在本文並無著墨，故為錯誤。

⑤ 本題問何者為非，可對照選項與原句是否相同，或利用消去法找出正確答案。(A) 首段首句有提，故正確，不可選。(B) 咖啡與博物館在文章中並無關聯，咖啡館是在 the Pantheon 神殿附近，故 (B) 為正解。回文章中找本答案中的二個專有名詞 Janiculum Hill（第二段頭）及 St. Peter's（第三段）皆可發現與 view 有關，故正確，不可選。第二段最後一句提到 Take your coffee in the traditional way: Standing up at the bar. 故 (D) 正確，亦不可選。

Chapter 3

會議和簡報

不論是在外商公司上班，或是參與國際性會議研討會，甚至是負責或聆聽簡報，會議及簡報英文基本上是絕對不可避免的商業運作部分。

會議

基本上，可分三大階段來認識會議英文。首先，在會議前應該確定地點、時間、議題及準備資料和設備。在開始會議後，就是打招呼及宣佈會議開始，有時可將上次會議重點做一回顧摘要。接下來就是要說明會議的主題、目的為何，介紹參與人員、介紹議題，並跟著議程一項一項討論下去，此時要特別留心討論內容離開主題並要控制會議時間。在議程逐項進行中除了會議用字、句型之外（見本章 Part 1 與 Part 2），最重要的就是用來表示流程的轉承語及會中各種情況的表達用語（見 Part 5）。議程討論完後要做總結。而在會議完成後除了要感謝大家的參與，要確認會議紀錄並確認下次會議的日期時間。

基本上，商務會議可以是「正式會議」，最常見的為「董事會」、「年度大會」等。另一種為「非正式會議」，包括「部門會議」、「工作會議」等。

簡報

至於簡報部份，幾乎每個人在各部門中皆有機會去針對一個事項做報告，包括介紹公司的行銷計畫、廣告等策略（見本書第一、二章）。

而做簡報最重要的是要有充分的主題資訊、內容精簡，讓與會者充分了解你的重點。因此，簡報「技巧」及「流程」是不可或缺的工具（見 Part 5），應該要在限定的時間內充分表達簡報內容，並且要能夠充分及吸引人。另外，「視訊會議」及「投影」簡報是時下最流行的方式，本單元也將其「一網打盡」。

Part 1 你必須知道的「會議和簡報」單字

A 會議

會議種類 | 🎧 MP3 052

❏ **meeting** [ˋmitɪŋ] 名 會議（各種會議之通稱）

❏ **conference** [ˋkɑnfərəns] 名 正式的會議、協商

❏ **convention** [kənˋvɛnʃən] 名 定期會議、大會

❏ **forum** [ˋforəm] 名 論壇

❏ **panel discussion** 名 座談會

❏ **assembly** [əˋsɛmblɪ] 名 正式的全體集會

❏ **symposium** [sɪmˋpozɪəm] 名 討論會

❏ **exposition** [ˌɛkspəˋzɪʃən] 名 博覽會

❏ **seminar** [ˋsɛməˌnɑr] 名 研討會

❏ **workshop** [ˋwɝkˌʃɑp] 名 專題討論會

❏ **session** [ˋsɛʃən] 名 講習會

❏ **roundtable** [raʊndˋtebl̩] 名 圓桌會議

❏ **institution** [ˌɪnstəˋtjuʃən] 名 機構

❏ **association** [əˌsosɪˋeʃən] 名 協會

❏ **general meeting** 名 全體大會

❏ **plenary meeting** 名 全體會議

❏ **annual meeting** 名 年會

❏ **emergency meeting** 名 緊急會議

❏ **business meeting** 名 商務會議

❏ **project meeting** 名 專案會議

❏ **board meeting** 名 董事會議

❏ **committee meeting** 名 委員會會議

❏ **budget meeting** ㊃ 預算會議

❏ **briefing meeting** ㊃ 簡報會議

❏ **ad-hoc meeting** ㊃ 特別會議

❏ **kick-off meeting** ㊃ 開工會議

❏ **pre-bid meeting** ㊃ 標前會議

❏ **video conference** ㊃ 視訊會議

❏ **staff meeting** ㊃ 員工會議

❏ **conference call** ㊃ 電話會議

❏ **group discussion** ㊃ 小組討論

❏ **press conference** ㊃ 記者會

🗃 會議中人物名稱 　 ◉ MP3 053

❏ **chairman** [ˋtʃɛrmən] ㊃ 主席

❏ **executive chairman** ㊃ 執行主席

❏ **honorary chairman** ㊃ 名譽主席

❏ **acting chairman** ㊃ 代理主席

❏ **vice chairman** ㊃ 副主席

❏ **board chairman** ㊃ 董事長

❏ **deputy chairman** ㊃ 副董事長

❏ **the board of directors** ㊃ 董事會

❏ **board member** ㊃ 董事會成員

❏ **representative of shareholders** ㊃ 股東代表

❏ **delegate** [ˋdɛləˌget] ㊃ 代表

❏ **retailer** [ˋritelɚ] ㊃ 零售商

❏ **supervisor** [ˌsupɚˋvaɪzɚ] ㊃ 監督人

❏ **victim** [ˋvɪktɪm] ㊃ 受害者

❏ **attendee** [əˋtɛndi] ㊃ 參加者

❏ **participant** [pɑrˋtɪsəpənt] ㊃ 參與者

- ❏ **facilitator** [fəˋsɪləˌtetə] ⑧ 會議主持人
- ❏ **account** [əˋkaʊnt] ⑧ 客戶
- ❏ **yes-man** [ˋjɛsˌmæn] ⑧ 對上級唯命是從的人
- ❏ **commission** [kəˋmɪʃən] ⑧ 委員會
- ❏ **coordinator** [koˋɔrdəˌnetə] ⑧ 協調者
- ❏ **organizer** [ˋɔrgəˌnaɪzə] ⑧ 組織者
- ❏ **guest** [gɛst] ⑧ 來賓
- ❏ **speaker** [ˋspikə] ⑧ 演講者

📁 會議相關地點　🎧 MP3 054

- ❏ **location** [loˋkeʃən] ⑧ 場所
- ❏ **venue** [ˋvɛnju] ⑧ 會場
- ❏ **lobby** [ˋlɑbɪ] ⑧ 大廳
- ❏ **environment** [ɪnˋvaɪrənmənt] ⑧ 環境
- ❏ **surroundings** [səˋraʊndɪŋz] ⑧ 週遭環境
- ❏ **lecture hall** ⑧ 演講廳
- ❏ **board room** ⑧ 董事會議室
- ❏ **conference room** ⑧ 會議室
- ❏ **meeting room** ⑧ 會議室
- ❏ **exhibit hall** ⑧ 展覽廳
- ❏ **lecture hall** ⑧ 演講廳
- ❏ **information desk** ⑧ 詢問處

📁 會議名詞大集合　🎧 MP3 055

- ❏ **meeting notice** ⑧ 開會通知
- ❏ **meeting agenda** ⑧ 會議議程
- ❏ **schedule** [ˋskɛdʒʊl] ⑧ 時間表

- **agenda** [ə`dʒɛndə] 图 議程
- **development agenda** 图 發展議程
- **collaboration agenda** 图 協作議程
- **outline** [`aʊt,laɪn] 图 大綱
- **minutes** [`mɪnɪts] 图 會議記錄
- **procedure** [prə`sidʒə] 图 程序
- **item** [`aɪtəm] 图 項目
- **topic** [`tɑpɪk] 图 主題
- **survey** [sə`ve] 图 調查
- **brochure** [bro`ʃʊr] 图 宣傳手冊
- **paper work** 图 文書工作
- **detail** [`ditel] 图 細節
- **amendment** [ə`mɛndmənt] 图 修正案
- **draft** [dræft] 图 草稿
- **proposal** [prə`pozl] 图 提案
- **thank-you note** 图 感謝函
- **relevant information** 相關訊息
- **relevant data** 相關數據
- **relevant document** 相關文件
- **documentation** [,dɑkjəmɛn`teʃən] 图 文件
- **file** [faɪl] 图 檔案
- **checklist** [`tʃɛk,lɪst] 图 核對清單
- **briefing** [`brifɪŋ] 图 簡報
- **revenue** [`rɛvə,nju] 图 稅收
- **premium** [`primɪəm] 图 酬金
- **absence** [`æbsn̩s] 图 缺席
- **adjournment** [ə`dʒɝnmənt] 图 延期開會
- **advice** [əd`vaɪs] 图 建議
- **allocation** [,ælə`keʃən] 图 分配

- ❏ **alternative approach** 名 其他方案
- ❏ **announcement** [əˋnaʊnsmənt] 名 宣佈
- ❏ **application** [ˏæpləˋkeʃən] 名 應用
- ❏ **atmosphere** [ˋætməsˏfɪr] 名 氣氛
- ❏ **customer demand** 名 顧客需求
- ❏ **deadline** [ˋdɛdˏlaɪn] 名 最後期限
- ❏ **delivery** [dɪˋlɪvərɪ] 名 交貨
- ❏ **demand analysis** 名 需求分析
- ❏ **demand side** 名 需求面
- ❏ **duty** [ˋdjutɪ] 名 職責
- ❏ **flextime** [ˋflɛksˏtaɪm] 名 彈性工作時間
- ❏ **expansion** [ɪkˋspænʃən] 名 擴展
- ❏ **expenditure** [ɪkˋspɛndɪtʃə] 名 支出
- ❏ **facility** [fəˋsɪlətɪ] 名 設備
- ❏ **implementation** [ˏɪmpləmɛnˋteʃən] 名 實施
- ❏ **market demand** 名 市場需求
- ❏ **motion** [ˋmoʃən] 名 臨時動議
- ❏ **organization** [ˏɔrgənəˋzeʃən] 名 組織
- ❏ **outsourcing** [ˋaʊtˏsɔrsɪŋ] 名 外包
- ❏ **performance appraisal** 名 績效評估
- ❏ **possibility** [ˏpɑsəˋbɪlətɪ] 名 可能性
- ❏ **premium system** 名 分紅制
- ❏ **priority** [praɪˋɔrətɪ] 名 優先考慮的事
- ❏ **registration** [ˏrɛdʒɪˋstreʃən] 名 註冊
- ❏ **issue** [ˋɪʃju] 名 問題
- ❏ **feedback** [ˋfidˏbæk] 名 反饋
- ❏ **floor** [flor] 名 發言權
- ❏ **input** [ˋɪnˏpʊt] 名 建設性之意見
- ❏ **interruption** [ˏɪntəˋrʌpʃən] 名 打斷

- ❏ **reaction** [rɪˋækʃən] 名 反應
- ❏ **reply** [rɪˋplaɪ] 名 回答
- ❏ **theory** [ˋθiərɪ] 名 看法
- ❏ **approval** [əˋpruvl] 名 贊成
- ❏ **objection** [əbˋdʒɛkʃən] 名 反對
- ❏ **comment** [ˋkɑmɛnt] 名 意見
- ❏ **insistence** [ɪnˋsɪstəns] 名 堅持
- ❏ **conclusion** [kənˋkluʒən] 名 結論
- ❏ **responsibility** [rɪˏspɑnsəˋbɪlətɪ] 名 責任
- ❏ **supply and demand** 名 供應與需求
- ❏ **winner** [ˋwɪnə] 名 受歡迎或很成功之事物
- ❏ **work permit** 名 工作許可證
- ❏ **export permit** 名 出口許可證
- ❏ **import permit** 名 進口許可證

🗂 會議形容詞、副詞大集合　 💿 MP3 056

- ❏ **all-inclusive** [ˋɔlɪnˋklusɪv] 形 無所不包的
- ❏ **ambitious** [æmˋbɪʃəs] 副 有野心的
- ❏ **appealing** [əˋpilɪŋ] 形 吸引人的
- ❏ **appropriately** [əˋproprɪˏetlɪ] 副 適當地
- ❏ **briefly** [ˋbriflɪ] 副 簡短地
- ❏ **classic** [ˋklæsɪk] 形 經典的
- ❏ **complicated** [ˋkɑmpləˏketɪd] 形 複雜的
- ❏ **custom-made** [ˋkʌstəmˏmed] 形 客製化的
- ❏ **eligible** [ˋɛlɪdʒəbl] 形 合格的
- ❏ **eventually** [ɪˋvɛntʃʊəlɪ] 副 最終地
- ❏ **exactly** [ɪgˋzæktlɪ] 副 精確地
- ❏ **flexible** [ˋflɛksəbl] 形 彈性的

- **formal** [ˈfɔrml] 圈 正式的
- **indecisive** [ˌɪndɪˈsaɪsɪv] 圈 猶豫不決的
- **informal** [ɪnˈfɔrml] 圈 非正式的
- **intangible** [ɪnˈtændʒəbl] 圈 無實體的
- **integrated** [ˈɪntəˌgretɪd] 圈 整體的
- **leader-led** [ˈlɪdə lɛd] 圈 領導組織的
- **legal** [ˈligl] 圈 法定的
- **liable** [ˈlaɪəbl] 圈 有責任的
- **regulatory** [ˈrɛgjələtorɪ] 圈 管制的
- **relevant** [ˈrɛləvənt] 圈 相關的
- **sincerely** [sɪnˈsɪrlɪ] 圖 真誠地
- **specifically** [spɪˈsɪfɪklɪ] 圖 具體地
- **strongly** [ˈstrɔŋlɪ] 圖 強而有力地
- **supplementary** [ˌsʌpləˈmɛntəri] 圈 補充的
- **surrogate** [ˈsɔəgɪt] 圈 代理的
- **top-level** [ˈtɑpˌlɛvl] 圈 最高階層的
- **unanimous** [juˈnænəməs] 圈 無異議的
- **valid** [ˈvælɪd] 圈 有根據的
- **visible** [ˈvɪzəbl] 圈 引人注目的
- **weekly** [ˈwiklɪ] 圈 每週的

會議動詞大集合　⊙ MP3 057

- **accommodate** [əˈkɑməˌdet] 働 容納
- **adjourn** [əˈdʒɜn] 働 休會
- **administer** [ədˈmɪnəstə] 働 管理
- **allow** [əˈlaʊ] 働 允許
- **announce** [əˈnaʊns] 働 宣佈
- **apply** [əˈplaɪ] 働 施行

- **appoint** [əˋpɔɪnt] 動 任命
- **approve** [əˋpruv] 動 贊成
- **assist** [əˋsɪst] 動 幫助
- **attend** [əˋtɛnd] 動 參加
- **brainstorm** [ˋbrenˌstɔrm] 動 腦力激盪
- **brief** [brif] 動 給予指示
- **collaborate** [kəˋlæbəˌret] 動 共同合作
- **compile** [kəmˋpaɪl] 動 編輯
- **conclude** [kənˋklud] 動 做出結論
- **consult** [kənˋsʌlt] 動 諮詢
- **contribute** [kənˋtrɪbjut] 動 貢獻
- **coordinate** [koˋɔrdn̩et] 動 協調
- **debate** [dɪˋbet] 動 辯論
- **declare** [dɪˋklɛr] 動 宣佈
- **delegate** [ˋdɛləˌget] 動 委派～為代表
- **demand** [dɪˋmænd] 動 要求
- **discuss** [dɪˋskʌs] 動 討論
- **distribute** [dɪˋstrɪbjut] 動 分配
- **doodle** [dudl̩] 動 混時間
- **drag** [dræg] 動 拖拉
- **elaborate** [ɪˋlæbəˌret] 動 詳述
- **enhance** [ɪnˋhæns] 動 提升
- **entitle** [ɪnˋtaɪtl̩] 動 授權
- **evaluate** [ɪˋvæljuˌet] 動 評估
- **express** [ɪkˋsprɛs] 動 表達
- **finalize** [ˋfaɪn̩ˌaɪz] 動 最後定下來
- **forecast** [ˋforˌkæst] 動 預測
- **fulfill** [ˋfʊlˋfɪl] 動 完成
- **hesitate** [ˋhɛzəˌtet] 動 猶豫

- ❏ **install** [ɪn`stɔl] 働 安裝
- ❏ **interrupt** [ˌɪntə`rʌpt] 働 打斷
- ❏ **levy** [`lɛvɪ] 働 徵稅
- ❏ **locate** [lo`ket] 働 確定～的地點
- ❏ **manipulate** [mə`nɪpjəˌlet] 働 操縱
- ❏ **moderate** [`mɑdəˌret] 働 擔任會議主持
- ❏ **modify** [`mɑdəˌfaɪ] 働 更改
- ❏ **monitor** [`mɑnətə] 働 監控
- ❏ **notify** [`notəˌfaɪ] 働 通知
- ❏ **overlook** [ˌovə`lʊk] 働 監督
- ❏ **overhaul** [ˌovə`hɔl] 働 徹底檢修
- ❏ **permit** [pə`mɪt] 働 允許
- ❏ **plan** [plæn] 働 規劃
- ❏ **prepare** [prɪ`pɛr] 働 準備
- ❏ **propose** [prə`poz] 働 提議
- ❏ **reckon** [`rɛkən] 働 認為
- ❏ **recommend** [ˌrɛkə`mɛnd] 働 推薦
- ❏ **redo** [ri`du] 働 重做
- ❏ **rephrase** [ri`frez] 働 換另一種說法
- ❏ **reschedule** [ri`skɛdʒʊl] 働 重新安排～的時間
- ❏ **resign** [ri`zaɪn] 働 辭職
- ❏ **restrict** [rɪ`strɪkt] 働 限制
- ❏ **review** [rɪ`vju] 働 檢討
- ❏ **specify** [`spɛsəˌfaɪ] 働 指定
- ❏ **submit** [səb`mɪt] 働 提交
- ❏ **summarize** [`sʌməˌraɪz] 働 概述
- ❏ **target** [`tɑrgɪt] 働 把～作為目標
- ❏ **translate** [træns`let] 働 翻譯
- ❏ **update** [ʌp`det] 働 更新

❑ **violate** [ˋvaɪəˌlet] 動 違反

❑ **vote** [vot] 動 投票

❑ **whisper** [ˋhwɪspə] 動 私下告訴

❑ **yawn** [jɔn] 動 打哈欠

會議常用片語　🔊 MP3 058

❑ **call / hold a meeting** 召開會議

❑ **chair a meeting** 主持會議

❑ **preside over a meeting** 主持會議

❑ **attend a meeting** 參加會議

❑ **postpone a meeting** 延期會議

❑ **cancel a meeting** 取消會議

❑ **interrupt a meeting** 打斷會議

❑ **at the meeting** 在會議上

❑ **be in conference** 會議中

❑ **take part in** 參加

❑ **participate in** 參加

❑ **come to a close** 休會

❑ **start with** 以～開始

❑ **at the start of** 在～開始的時候

❑ **from the start** 從一開始

❑ **across the board** 全面地

❑ **address an issue** 提出一個議題

❑ **ahead of schedule** 進度超前

❑ **arrive at a decision** 達成一項決定

❑ **as a result** 結果

❑ **be all for** 完全支持

❑ **behind schedule** 進度落後

- ❏ **break down** 分析
- ❏ **break the ice** 打破僵局
- ❏ **butt in** 插嘴
- ❏ **cast off** 淘汰
- ❏ **come to a head** 達到決定性階段
- ❏ **come up with** 想出來
- ❏ **cover for** 代替
- ❏ **declare for** 表明贊成
- ❏ **declare against** 表明反對
- ❏ **fair enough** 有道理
- ❏ **fire away** 儘管問吧
- ❏ **get back on the right track** 回到原來的主題
- ❏ **get down to business** 言歸正傳
- ❏ **get down to** 將注意力放在～上
- ❏ **get the ball rolling** 打開局面
- ❏ **go about** 著手去做
- ❏ **go over** 仔細察看
- ❏ **go with** 選擇
- ❏ **hear someone's input** 聽取某人意見
- ❏ **if worse comes to worst** 如果到了萬不得已的時候
- ❏ **in demand** 銷路好
- ❏ **in one shot** 一次搞定
- ❏ **in the long run** 終究
- ❏ **iron out** 化解
- ❏ **jump at the chance** 抓住機會
- ❏ **keep with the agenda** 遵循議程
- ❏ **make a decision** 做決定
- ❏ **make a note of** 把～記下來
- ❏ **make up for** 補償

- **off base** 不適當
- **off the cuff** 即席地
- **on schedule** 按照進度
- **on the same page** 有基本共識或了解
- **on top of something** 對某事一清二楚
- **opt for** 選擇
- **out of one's league** 超過某人的能力範圍
- **pare it down** 篩選
- **pick someone's brains** 聽取意見或建議
- **point fingers** 指責
- **point out** 指出
- **pros and cons** 優缺點
- **put a premium on** 重視
- **put forward a motion** 提出臨時動議
- **put our heads together** 集思廣益
- **refer to** 參照
- **register for the session** 登記參加研討會
- **right on the money** 完全正確
- **rule out** 排除
- **run by** 向某人提出報告
- **scale back** 按比例縮減
- **solve a problem** 解決問題
- **take / keep minutes** 做會議記錄
- **take the chance** 碰運氣
- **take the floor** 起立發言
- **tee up** 安排
- **to and fro** 來回地
- **to launch the new product** 在市場上推出新產品
- **touch base** 進行聯繫

❏ **vice versa** 反之亦然

❏ **wrap up** 結束

❏ **You good with that?** 你覺得可以嗎？

❏ **you're up** 輪到你了

B 簡報

簡報參與者與類型　◉ MP3 059

❏ **presenter** [prɪˋzɛntə] ⊛ 發表者

❏ **proposer** [prəˋpozə] ⊛ 提案人

❏ **speaker** [ˋspikə] ⊛ 講者

❏ **timekeeper** [ˋtaɪmˏkipə] ⊛ 計時器／者

❏ **note-taker** [notˋtekə] ⊛ 會議記錄

❏ **questioner** [ˋkwɛstʃənə] ⊛ 提問者

❏ **facilitator** [fəˋsɪləˏtetə] ⊛ 協助者

❏ **impromptu presentation** 即席簡報

❏ **in-house presentation** 公司內部簡報

❏ **client-facing presentation** 對客戶做的簡報

簡報資料及設施用語　◉ MP3 060

❏ **LCD** (liquid crystal display) ⊛ 液晶顯示器

❏ **DVD player** ⊛ DVD 放影機

❏ **VCD player** ⊛ VCD 放影機

❏ **camcorder** [ˋkæmˏkɔrdə] ⊛ 攝錄影機

❏ **audio tape player** 錄放音機

❏ **wireless microphone** 無線麥克風

❏ **slide** [slaɪd] ⊛ 投影片

❏ **slide projector** ⊛ 幻燈片放映機

- ❏ **computer projector** ⊛ 電腦投影機
- ❏ **overhead projector** ⊛ 頂上投影機
- ❏ **electronic whiteboard** ⊛ 電子白板
- ❏ **whiteboard** [`hwaɪtbord] ⊛ 白板
- ❏ **chalk board** ⊛ 黑板
- ❏ **whiteboard marker** ⊛ 白板筆
- ❏ **laser pointer** ⊛ 雷射筆
- ❏ **screen** [skrin] ⊛ 螢幕
- ❏ **pull-down screen** ⊛ 下拉式螢幕
- ❏ **flip chart** 活動掛圖
- ❏ **brochure** [bro`ʃʊr] ⊛ 手冊
- ❏ **booklet** [`bʊklɪt] ⊛ 小冊子
- ❏ **flyer** [`flaɪɚ] ⊛ 傳單
- ❏ **catalog** [`kætəlɔg] ⊛ 目錄
- ❏ **pamphlet** [`pæmflɪt] ⊛ 小冊
- ❏ **handout** [`hændaʊt] ⊛ 講義
- ❏ **legend** [`lɛdʒənd] ⊛ 說明文字
- ❏ **visual aid** ⊛ 視覺輔助工具
- ❏ **overhead** [`ovɚ`hɛd] ⊛ 投影片
- ❏ **transparency** [træns`pɛrənsɪ] ⊛ 幻燈片
- ❏ **visual** [`vɪʒuəl] ⊛ 影像資料

📁 簡報中「圖表」用字　🔊 MP3 061

- ❏ **line chart** ⊛ 曲線圖表
- ❏ **bar chart** ⊛ 柱狀圖表（數字以橫向呈現）
- ❏ **column graph** ⊛ 柱狀圖表（數字以縱向呈現）
- ❏ **flow chart** ⊛ 流程圖
- ❏ **radar chart** ⊛ 雷達圖

- **area chart** 名 區域圖
- **scatter diagram** 名 散布圖
- **assembly diagram** 名 組合圖
- **structure diagram** 名 結構圖
- **illustrative diagram** 名 直觀圖
- **block diagram** 名 方塊圖
- **vertical bar chart** 名 垂直長條圖
- **horizontal bar chart** 名 水平長條圖
- **pie chart** 名 圓餅圖
- **bar** [bɑr] 名 長條
- **piece** [pis] 名 塊
- **table** [ˋtebl] 名 圖表
- **cell** [sɛl] 名 方格
- **column** [ˋkɑləm] 名 欄
- **row** [ro] 名 列
- **line** [laɪn] 名 線
- **horizontal axis** 名 橫軸
- **vertical axis** 名 縱軸
- **column heading** 名 標題欄
- **row heading** 名 行標題
- **figure** [ˋfɪgjɚ] 名 數字
- **solid line** 名 實線
- **dotted line** 名 虛線
- **content** [ˋkɑntɛnt] 名 簡報內容
- **segment** [ˋsɛgmənt] 名 部分
- **scale** [skel] 名 比例
- **listing** [ˋlɪstɪŋ] 名 列表
- **limit up** 名 漲停板
- **limit down** 名 跌停板

- ❏ **in direct proportion to** 成正比
- ❏ **in inverse proportion to** 成反比

簡報頻用動詞 ⊚ MP3 062

- ❏ **arise (from)** 動 由～引起
- ❏ **attribute (to)** 動 歸因於～
- ❏ **clarify** [ˋklærəˌfaɪ] 動 澄清
- ❏ **comment** [ˋkɑmɛnt] 動 發表意見
- ❏ **conclude** [kənˋklud] 動 做結論
- ❏ **consent** [kənˋsɛnt] 動 同意
- ❏ **consider** [kənˋsɪdə] 動 考量
- ❏ **cover** [ˋkʌvə] 動 包含
- ❏ **deliver** [dɪˋlɪvə] 動 傳遞
- ❏ **demonstrate** [ˋdɛmənˌstret] 動 說明
- ❏ **deny** [dɪˋnaɪ] 動 否認
- ❏ **derive** [dɪˋraɪv] 動 源於
- ❏ **describe** [dɪˋskraɪb] 動 描述
- ❏ **detail** [dɪˋtel] 動 詳述
- ❏ **elaborate on** 動 詳盡闡述
- ❏ **examine** [ɪgˋzæmɪn] 動 檢驗
- ❏ **expand on** 動 詳細說明
- ❏ **favor** [ˋfevə] 動 贊同
- ❏ **forecast** [ˋforˌkæst] 動 預測
- ❏ **forward** [ˋfɔrwəd] 動 轉交
- ❏ **hold** [hold] 動 保留
- ❏ **illustrate** [ˋɪləstret] 動 闡明
- ❏ **impute (to)** 動 歸咎於～
- ❏ **indicate** [ˋɪndəˌket] 動 指出

- ❏ **interrupt** [ˌɪntəˈrʌpt] 働 打斷
- ❏ **mention** [ˈmɛnʃən] 働 提到
- ❏ **outline** [ˈaʊtˌlaɪn] 働 概述
- ❏ **prefer** [prɪˈfɝ] 働 寧可
- ❏ **present** [prɪˈzɛnt] 働 提出
- ❏ **puzzle** [ˈpʌzl] 働 使困惑
- ❏ **question** [ˈkwɛstʃən] 働 詢問
- ❏ **quote** [kwot] 働 引用
- ❏ **raise** [rez] 働 提出（問題等）
- ❏ **realize** [ˈrɪəˌlaɪz] 働 瞭解
- ❏ **recap** [riˈkæp] 働 重述重點
- ❏ **remind** [rɪˈmaɪnd] 働 提醒
- ❏ **rephrase** [riˈfrez] 働 改變措辭
- ❏ **state** [stet] 働 陳述
- ❏ **summarize** [ˈsʌməˌraɪz] 働 總結
- ❏ **suppose** [səˈpoz] 働 認為

簡報頻用形容詞、副詞 ⊙ MP3 063

- ❏ **responsible** [rɪˈspɑnsəbl] 形 負責的
- ❏ **delighted** [dɪˈlaɪtɪd] 形 高興的
- ❏ **convinced** [kənˈvɪnst] 形 確信的
- ❏ **practical** [ˈpræktɪkl] 形 實際的
- ❏ **theoretical** [ˌθiəˈrɛtɪkl] 形 理論的
- ❏ **through** [θru] 形 徹底的
- ❏ **former** [ˈfɔrmə] 形 先前的
- ❏ **latter** [ˈlætə] 形 後面的
- ❏ **obvious** [ˈɑbvɪəs] 形 明顯的
- ❏ **concrete** [ˈkɑnkrit] 形 具體的

- **common** [ˋkɑmən] 形 普通的
- **impressive** [ɪmˋprɛsɪv] 形 令人印象深刻的
- **persuasive** [pəˋswesɪv] 形 有說服力的
- **following** [ˋfɑləwɪŋ] 形 接著的
- **favorable** [ˋfevərəbl] 形 有利的
- **beneficial** [͵bɛnəˋfɪʃəl] 形 有益的
- **unfavorable** [ʌnˋfevrəbl] 形 不利的
- **detrimental** [dɛtrəˋmɛntl] 形 有害的
- **complicated** [ˋkɑmpləͺketɪd] 形 複雜的
- **negative** [ˋnɛgətɪv] 形 負面的
- **unavoidable** [͵ʌnəˋvɔɪdəbl] 形 無法避免的
- **vital** [ˋvaɪtl] 形 重要的
- **blunt** [blʌnt] 形 直率的
- **tricky** [ˋtrɪkɪ] 形 棘手的
- **superficial** [ˋsupəˋfɪʃəl] 形 表面的
- **sudden** [ˋsʌdn̩] 形 突然的
- **slow** [slow] 形 / **slowly** [ˋslolɪ] 副 緩慢的／地
- **rapid** [ˋræpɪd] 形 / **rapidly** [ˋræpɪdlɪ] 副 快速的／地
- **steady** [ˋstɛdɪ] 形 / **steadily** [ˋstɛdəlɪ] 副 穩定的／地
- **gradual** [ˋgrædʒʊəl] 形 / **gradually** [ˋgrædʒʊəlɪ] 副 逐漸的／地
- **slight** [slaɪt] 形 / **slightly** [ˋslaɪtlɪ] 副 些微的／地
- **marginal** [ˋmɑrdʒɪnl̩] 形 / **marginally** [ˋmɑrdʒɪnəlɪ] 副 小量的／地
- **fractional** [ˋfrækʃən̩l] 形 / **fractionally** [ˋfrækʃənl̩ɪ] 副 少量的／地
- **moderate** [ˋmɑdərɪt] 形 / **moderately** [ˋmɑdərɪtlɪ] 副 適度的／地
- **sharp** [ʃɑrp] 形 / **sharply** [ˋʃɑrplɪ] 副 急劇的／地
- **dramatic** [drəˋmætɪk] 形 / **dramatically** [drəˋmætɪkl̩ɪ] 副 明顯的／地
- **substantial** [səbˋstænʃəl] 形 / **substantially** [səbˋstænʃəlɪ] 副 大量的／地
- **significant** [sɪgˋnɪfəkənt] 形 / **significantly** [sɪgˋnɪfəkəntlɪ] 副 重大的／地
- **considerable** [kənˋsɪdərəbl] 形 / **considerably** [kənˋsɪdərəblɪ] 副 相當大的／地

- ❑ **completely** [kənˋplitlɪ] 副 完全地
- ❑ **totally** [ˋtotl̩ɪ] 副 完全地
- ❑ **reasonably** [ˋriznəblɪ] 副 合理地
- ❑ **consequently** [ˋkɑnsəˏkwɛntlɪ] 副 因此地
- ❑ **fully** [ˋfulɪ] 副 完全地
- ❑ **specifically** [spɪˋsɪfɪkl̩ɪ] 副 明確地
- ❑ **alternatively** [ɔlˋtɜnəˏtɪvlɪ] 副 或者；要不
- ❑ **absolutely** [ˋæbsəˏlutlɪ] 副 絕對地
- ❑ **basically** [ˋbesɪkl̩ɪ] 副 基本地
- ❑ **exactly** [ɪgˋzæktlɪ] 副 確切地

📂 簡報頻用名詞 | 🔊 MP3 064

- ❑ **pleasure** [ˋplɛʒə] 名 榮幸
- ❑ **presentation** [ˏprizɛnˋteʃən] 名 簡報
- ❑ **handout** [ˋhændaʊt] 名 講義
- ❑ **purpose** [ˋpɝpəs] 名 目的
- ❑ **goal** [gol] 名 目標
- ❑ **Q&A session** 名 提問時間
- ❑ **majority** [məˋdʒɔrətɪ] 名（大）多數
- ❑ **perspective** [pəˋspɛktɪv] 名 看法；觀點
- ❑ **statistics** [stəˋtɪstɪks] 名 統計數字、資料
- ❑ **argument** [ˋɑrgjəmənt] 名 論點
- ❑ **analysis** [əˋnæləsɪs] 名 分析
- ❑ **evidence** [ˋɛvədəns] 名 證據
- ❑ **disadvantage** [ˏdɪsədˋvæntɪdʒ] 名 缺點
- ❑ **merit** [ˋmɛrɪt] 名 優點
- ❑ **effect** [ɪˋfɛkt] 名 作用；影響
- ❑ **background** [ˋbækˏgraʊnd] 名 背景

- **factor** [ˋfæktɚ] 名 因素
- **position** [pəˋzɪʃən] 名 立場
- **figure** [ˋfɪgjɚ] 名 數據
- **afterthought** [ˋæftɚ͵θɔt] 名 事後的想法
- **clarification** [͵klærəfəˋkeʃən] 名 澄清
- **context** [ˋkɑntɛkst] 名 情境
- **extension** [ɪkˋstɛnʃən] 名 延伸
- **transparency** [trænsˋpɛrənsɪ] 名 透明（度）
- **objective** [əbˋdʒɛktɪv] 名 目標
- **forecast** [ˋfor͵kæst] 名 預測
- **performance** [pɚˋfɔrməns] 名 表現

📁 簡報中數字、圖表之上升與下跌字眼

上升字眼群 🎧 MP3 065

- **boom** [bum] 動 猛漲
- **climb** [klaɪm] 動 攀升
- **escalate** [ˋɛskə͵let] 動 逐步上升
- **expand** [ɪkˋspænd] 動 擴充
- **go up** 動 上揚
- **grow** [gro] 動 成長
- **increase** [ɪnˋkris] 動 增加
- **jump** [dʒʌmp] 動 暴漲
- **peak** [pik] 動 達到最高峰
- **raise** [rez] 動 提高
- **reach a highpoint** 達到最高點
- **reach a peak** 達到最高峰
- **rise** [raɪz] 動 上升
- **shoot up** 驟升

- ❏ **skyrocket** [ˋskaɪˌrɑkɪt] 働 高漲

- ❏ **soar** [sor] 働 猛增

- ❏ **surge** [sɝdʒ] 働 高漲

- ❏ **take off** 飛漲

- ❏ **top out** 達到頂頭

- ❏ **upsurge** [ʌpˋsɝdʒ] 働 急遽高漲

- ❏ **upturn** [ʌpˋtɝn] 働 好轉

下降字眼群 ⊙ MP3 066

- ❏ **bottom out** 跌到谷底

- ❏ **collapse** [kəˋlæps] 働 瓦解

- ❏ **come down** 下降

- ❏ **contract** [kənˋtrækt] 働 縮減

- ❏ **cut** [kʌt] 働 削減

- ❏ **decline** [dɪˋklaɪn] 働 衰退

- ❏ **decrease** [dɪˋkris] 働 減少

- ❏ **dip** [dɪp] 働 下降

- ❏ **drop** [drɑp] 働 掉落

- ❏ **fall** [fɔl] 働 下降

- ❏ **fall off** 下滑；降低

- ❏ **plummet** [ˋplʌmɪt] 働 驟跌

- ❏ **reach a low point** 降到低點

- ❏ **reduce** [rɪˋdjus] 働 減少

- ❏ **shrink** [ʃrɪŋk] 働 萎縮

- ❏ **slip** [slɪp] 働 滑落

- ❏ **slump** [slʌmp] 働 暴跌

- ❏ **tumble** [ˋtʌmbl̩] 働 猛跌

- **flatten out** 持平
- **level off** 平穩
- **maintain constant** 維持不變
- **rally** [`rælɪ] 動 好轉
- **rebound** [rɪ`baʊnd] 動 反彈
- **remain stable** 維持穩定
- **stabilize** [`stebḷˌaɪz] 動 穩定
- **stay the same** 維持不變

簡報必用數字相關字眼　　MP3 068

- **approximately** [ə`prɑksəmɪtlɪ] 大約
- **around** [ə`raʊnd] 左右
- **considerably less** 少很多
- **dramatically fewer** 顯著地少於
- **dramatically more** 顯著地多於
- **fractionally less** 略少一些
- **just under** 略低於
- **marginally more** 略多一些
- **moderately less** 適度地少一些
- **moderately more** 適度地多一些
- **roughly** [`rʌflɪ] 副 約略
- **significantly more** 多很多
- **slightly more** 稍多一些
- **unbelievably more** 難以置信地多於

視訊會議集錦　🔘 MP3 069

- ❑ **audio-only conference call** 語音會議
- ❑ **static** [ˋstætɪk] ⑧ 靜電干擾
- ❑ **distorted** [dɪsˋtɔrtɪd] ⑱ 歪曲的
- ❑ **fuzzy** [ˋfʌzɪ] ⑱ 模糊不清
- ❑ **freezing** [ˋfrizɪŋ] ⑱ 不動的
- ❑ **headset** [ˋhɛdˌsɛt] ⑧ 耳機
- ❑ **log on** 登入
- ❑ **firewall** ⑧ 防火牆
- ❑ **MIS** ⑧ 資訊管理系統
- ❑ **server** [ˋsɝvə] ⑧ 伺服器
- ❑ **website** [ˋwɛbˌsaɪt] ⑧ 網站
- ❑ **crystal clear** 很清楚
- ❑ **sync** [sɪŋk] ⑧ 同步性
- ❑ **out of sync** 對不上
- ❑ **time lag** 時間差
- ❑ **connection** [kəˋnɛkʃən] ⑧ 連接
- ❑ **reception** [rɪˋsɛpʃən] ⑧ 收訊
- ❑ **reconvene** [ˌrikənˋvin] ⑩ 再召開會
- ❑ **remote** [rɪˋmot] ⑱ 遙遠的
- ❑ **setting** [ˋsɛtɪŋ] ⑧ 設定

類型1 會議中的「提問句型」　　◎ MP3 070

1 **Where does the meeting take place?**
會議在哪舉行？

2 **What's the meeting time?**
會議幾點開？

3 **How long will the meeting last?**
會議要開多久？

4 **What brings you to this conference?**
你為什麼會來參加此會議？

5 **What will be discussed at the meeting?**
會議中要討論什麼？

6 **Mark, could you take the meeting minutes?**
馬克，麻煩你做會議記錄好嗎？

7 **What about your comment, Susan?**
蘇珊，你的意見如何？

8 **Does anyone have any suggestions?**
有任何人有建議嗎？

9 **Is the weekly report about the cost reduction?**
週報告是有關於成本減縮嗎？

10 **Which company do you work for?**
你在哪家公司上班？

11 **Do you mean we have to cut down the price?**
你的意思是說我們得降低價格嗎？

12 **Could you tell me the relevant information of the meeting notice?**
能否請你告知我會議通知的相關知訊？

13 **Mike, have you taken down all the comments?**
馬克，你有記下所有的意見嗎？

14 **Have you prepared the agenda?**
會議的議程準備好了嗎？

15 **Did anyone get an agenda?**
大家都拿到議程安排了嗎？

16 **Has anyone got a copy of the agenda?**
大家都拿到一份議程表了嗎？

17 **Is next Wednesday convenient for you?**
下週三對你是否方便？

18 **Could you tell me the meeting place?**
可否請你告知我會議地點？

19 **Where do you prefer to meet the guests before the meeting begins?**
會議開始前你想要在哪裡迎接客人？

20 **Nancy, have the visitors been notified?**
南西，所有的來賓都被通知了嗎？

21 **What will you discuss at the meeting?**
會議上你們要討論什麼？

22 **Lily, do you know there is a meeting tomorrow afternoon?**
莉莉，你知道我們明天下午要開會嗎？

23 **Would it be possible to finish before 3 o'clock?**
有沒有可能在 3 點前結束？

24 **What time would you like refreshments served, Mrs. Lopez?**
羅伯斯太太，你希望點心何時提供？

25 **Have you made the necessary arrangements for the meeting?**
你都安排好會議的事了嗎？

26 **Would you please ask Mr. Lin to attend this meeting?**
你請林先生來參加這會議好嗎？

27 **Did you reserve a projector?**
你預約投影機了嗎？

28 **I need to work out a time to get together with you people. How about Friday morning at 11:00?**
我需要找個時間和你們大家碰個頭。週五早上 11 點如何？

29 **Would you be able to express your point of view?**
你能表達自己的意見嗎？

30 **Did everyone participate equally in the discussion?**
每個人皆平均參與討論嗎？

31 **Can you understand the other participants' points of view?**
你能了解其他參與者的意見嗎？

32 **May I suggest something?**
我能提些建議嗎？

類型2 會議前置－通知／時間／地點／代替議程　(○) MP3 071

1 **I've emailed all the people involved.**
我已給所有與會人員發出電子郵件。

2 **Why don't we set the meeting for Friday at 10:00 am?**
我們把會議訂在週五早上 10 點如何？

3 **The meeting's postponed indefinitely.**
會議被無限延期了。

4 **We'll use the conference room on the third floor for the meeting.**
我們將使用三樓的會議室開會。

5 **I've prepared name cards to be put on the conference table.**
我已準備了姓名卡放在會議桌上。

6 **We'll have several foreign guests to attend the meeting.**
我們會有好幾位外賓來參加會議。

7 **I've provided all the necessary materials and I've also prepared a meeting memo.**
我已提供了所有的必需材料並準備了會議備忘錄。

8 **The meeting will be held in Mr. Thompson's office, not in the conference room.**
會議將在湯普森先生辦公室舉行，而不是在會議室。

9 **Nick will be attending the meeting on behalf of the marketing director, who is under the weather.**
尼克將代表身體欠安的行銷主管參加會議。

10 **Mr. Kim was hoping we could cover for him at the sales meeting this morning.**
金先生希望我們能替他出席今天早上的業務會議。

11 **I want to call a special trustees meeting to discuss this issue. Please book a conference room as soon as possible.**
我想召開一個特別的理事會會議來討論此議題。請你儘快預訂一間會議室。

12 **I've come to tell you that you'll have to take the minutes this morning.**
我來是要告訴你今天早上你將得做會議記錄。

13 **I need to make sure that each presenter knows when they will speak.**
我需要確定每位發表人知道何時要上台發言。

14 **Now, I'd like to set the meeting schedule once and for all.**
現在我想把會議議程表一次確定下來。

15 **Let's go through the agenda first.**
讓我們先看過一遍議程。

16 **I advise that we do it in the following order.**
我建議我們按照下列順序進行。

17 **I propose that we can look at the agenda in detail.**
我建議我們仔細討論一下議程。

18 **I've come to tell you the meeting planned for this afternoon has been postponed till next Monday.**
我來是要告訴你原定今天下午舉行的會議延後到下週一了。

19 **The name cards have been laid on the conference table.**
姓名卡已經放在會議桌上了。

20 **The refreshments will be served during the break.**
休息時間會供應點心。

21 **I'd like you to chair the meeting.**
我想請你主持會議。

22 **I'm phoning about the marketing conference.**
我打電話來是要討論關於營銷會議的事。

23 **I'd like to check some details before the meeting.**
在開會前我想核對一些細節。

24 **I was wondering if we could postpone our Wednesday meeting.**
我想知道我們是否能延後週三的會議。

類型 3 會議開場　　🎧 MP3 072

1 **Welcome to the department meeting of Apex international.**
歡迎來到 Apex 國際公司部門會議。

2 **How is everybody doing today?**
大家今天如何？

3 **I'm glad to be able to speak in front of you today.**
很高興今天能夠出席發言。

4 **It's my pleasure to give this presentation today.**
很榮幸今天來做簡報。

5 **It's my honor to be here.**
來這裡是我的榮幸。

6 **Thanks for giving me this chance to talk today.**
感謝今天給我發言的機會。

7 **Thanks for participating in this meeting tonight.**
感謝您今晚出席。

8 **OK. Let's get started.**
好，我們開始吧！

9 **Everyone's here, so let's jump into it.**
大家都到了，所以直接開始會議吧！

10 **Since all participants are present, let's start early.**
既然所有人都到了，我們提前開始吧！

11 **We're still missing a few guys.**
還缺幾個人。

1 **The meeting will last more than two hours.**
會議將會進行二個多小時。

2 **Everyone has only three minutes to talk on each issue.**
每個人對每個議題只有三分鐘的發言時間。

3 **First of all, I'd like you to know the purpose of this meeting.**
首先，我想讓各位知道此次會議的目的。

4 **We have lots of materials to cover today.**
我們有許多事情要討論。

5 **We should be able to finish everything before 3:00 P.M.**
我們應該能在下午 3 點前結束一切。

6 **I'd like to hear your ideas.**
我想聽聽你們的意見。

7 **As our time is running short, I'm going to skip the next three points.**
因為我們時間不夠，我將略過下面三點。

8 **Because we are a little short on time, I'll explain the last point briefly.**
因為我們的時間有限，我將簡短的敘述最後一點。

9 **The main thing I'd like to look at today is how to solve the problem of redundancy.**
今天我想討論的主要議題是如何解決冗員問題。

10 **The first topic for discussion is about marketing.**
討論的第一項主題有關行銷。

11 **Who would like to be first?**
誰要第一個發言？

12 **May I speak a few words here?**
我可以在這說幾句話嗎？

13 **I want to add something to the agenda.**
我想在議程上增加一些內容。

1. **If the cost is reasonable, I would agree to it.**
   如果成本合理，我就同意。

2. **May I add something?**
   我可以補充一下嗎？

3. **This is only my personal opinion—I can't speak for other people.**
   這只是我個人的意見，我不能代表其他人說話。

4. **You are beginning to lose sight of the main point.**
   你開始有些離題了。

5. **Can you clarify what you just said about the marketing strategy?**
   你能解釋一下你剛才提到的行銷策略嗎？

6. **I am afraid that is outside the scope of this meeting.**
   恐怕這已經超出這次會議的範圍。

7. **I'd like to move on to the next topic.**
   我想進入下一個主題。

8. **Let's move on to the next item on the agenda.**
   我們進行議程中的下一個議題吧！

9. **The next topic is about advertising.**
   下一個議題是廣告。

10. **In fact, I have a different opinion.**
    事實上，我有不同的看法。

11. **Let us get back on track.**
    讓我們言歸正傳。

12. **That's beside the point.**
    那與主題無關。

13. **I look forward to hearing what each of you have to say.**
    我希望聽到你們每位的意見。

14. **I suggest we appoint Linda Lopez to succeed George Brown as the supervisor.**
    我建議我們任命琳達羅伯斯接替喬治布朗擔任主管。

15 **Well, I think this idea is too premature.**
嗯，我認為這項決定太過草率。

16 **I can accept your decision.**
我可以接受你的決定。

17 **I see what you are saying.**
我明白你的意思。

18 **I just want you to know that I'll do whatever it takes.**
我只是要你知道我將盡全力去做。

19 **We've got to get this fixed ASAP.**
我們必須盡快解決此問題。

類型6 討論內容 ⊙ MP3 075

1 **Overall, we predict growth will remain slow but steady in the coming quarter.**
總之，我們預計下一季成長依然會緩慢但會保持穩定。

2 **As more competitors enter the market, we will make less and less profit.**
隨著市場中的競爭者不斷增加，我們的盈利會越來越少。

3 **I suggest that we invest in facilities, training, and promotion.**
我建議我們投資在設備、培訓員工和做促銷這幾方面。

4 **Some of the loss in profit is attributable to lower sales.**
利潤上的一些損失歸因於銷售額的下降。

5 **We must accelerate our production and increase our sales to get more funds.**
我們必須加快生產、增加銷售來取得更多資金。

6 **Please take a moment to review the figures and then we'll get down to business.**
請用幾分鐘瀏覽這些數據，然後我們開始討論。

7 **I'd like to begin by going over sales figures for the past two months.**
一開始我想先回顧一下過去兩個月我們的銷售數據。

8 **Actually, we are faced with challenges and threats from the competition.**

事實上，我們已面臨競爭者的挑戰與威脅。

9 **By simply changing our packaging, we could make lots of headway.**

只要簡單改變一下我們的包裝，我們就能獲得許多進展。

10 **I'll emphasize the high quality of our products when making my sales pitch.**

我推銷的時候會強調我們產品的高品質。

11 **Demand is dropping as our competitors are monopolizing the market.**

需求在下降，因為我們的競爭對手正壟斷市場。

12 **Now, let's get down to the nitty-gritty.**

現在我們來看一些核心的問題。

13 **I'll be able to give you a full briefing next Monday.**

下週一我就能給你一個完整的簡報。

14 **If you can manage to boost the quantity of the order a bit, we'll consider giving you a better discount.**

如果你們能增加一點訂購的數量，我們會考慮給予你們更多的折扣。

15 **Maybe our marketing department should conduct a survey to determine if high prices are influencing our competitiveness.**

或許我們的行銷部門應該進行調查，看看是否因高價位影響了我們的競爭力。

16 **Presently, we have cornered the market.**

我們目前已獨占市場。

17 **We must find new markets due to the shrinking economy.**

由於當前景氣衰退，我們必須開發新市場。

18 **After losing three of our largest clients, it looks like things can't get worse.**

在流失三大客戶後，情況似乎不可能再更糟了。

19 **As you can see, profits decreased by twenty percent in the third quarter.**

就如同你們所看到，第三季的利潤下降了 20%。

20 **In general, things haven't been going so well this quarter, largely owing to seasonal drop in demand.**

整體來說，本季的進展不是那麼順利，主要是因為季節性的需求減少。

21 **It seems that this is the only proposal for me to accept.**

看來這是我唯一能接受的提案。

22 **IT has run into a few problems when updating our system.**

資訊技術部門在更新系統時遇到了些問題。

23 **Sorry to interrupt, but I have a rather different interpretation of the situation.**

抱歉打斷你，但是我對情況有相當不同的解讀。

24 **Nancy has done some preliminary surveys and the response was very negative.**

南西已做了一些初步調查，而反應相當負面。

25 **I am sorry but I think you're a little bit too quick in making your conclusion there.**

抱歉，但我認為你結論下的有些過快。

26 **I'll have to look over the figures before I can give you an answer.**

我必須先看過數據才能給你答覆。

27 **Would we get the results we want?**

我們會得到想要的結果嗎？

28 **Would this idea work?**

這個想法可行嗎？

29 **If we did this, what would happen?**

如果我們這麼做會怎樣？

30 **How do you plan to make this work?**

你計畫如何讓這行得通？

31 **So, what you're saying is..., is that right?**

那，你的意思是……，對嗎？

1 **The purpose of today's meeting was to decide how to improve our sales.**
今天會議的主要目的在於決定如何改進我們的銷售狀況。

2 **We've arrived at the following conclusions.**
我們得出了下列結論。

3 **I think we've covered everything.**
我想我們已涵蓋了每件事。

4 **To summarize, the Canadian suppliers can no longer provide what we need.**
概括地講,加拿大的供應商無法再供應我們所需的商品。

5 **Does anyone have anything to add?**
有人有其他要說的嗎?

6 **Does anyone have any questions before we wrap things up?**
在結束前,有人有問題嗎?

7 **Are there any other issues that we need to discuss today?**
我們今天還需要討論其他的議題嗎?

8 **Before we close, let me summarize the main point.**
在結束前,讓我再總結一下重點。

9 **Can you recap the meeting briefly?**
你可以扼要地重述一下重點嗎?

10 **To summarize the results of our discussion, we see that two proposals have to be reconsidered—the advertising budget and the new product development.**
總結我們討論的結果,有兩個提案需要重新討論——廣告預算和新產品的開發。

11 **To sum up, we've determined the sales figures could be better and have come up with a few possible solutions.**
總之,我們已認定了銷售數字可更好而且也討論出幾個可能的解決方案。

12 **I'll quickly summarize the progress we've made up to now.**
我將快速的概述一下我們到目前為止的進度。

13 **Thank you all for attending.**
感謝大家的出席。

14 **If nobody has anything to add, we can draw the meeting to a close.**
如果沒有人有其他要說的，我們就結束此次會議。

15 **That's all for this meeting.**
此次會議結束。

16 **We are pleased to see that we have reached an agreement at last.**
我們都樂見我們最終達成了協議。

類型 8 會議記錄 | 🔊 MP3 077

1 **Please record the minutes in both English and Chinese.**
請把會議記錄做成中英文二種。

2 **Please type out the minutes from the notes.**
請根據筆記將會議記錄打出來。

3 **After the minutes have been confirmed, give them to the chairman to sign.**
確認會議記錄後，把它們交給主席簽字。

4 **I'd like to ask that all the opinions offered today be written down in the minutes.**
我希望今天所有被提出的意見都寫在會議記錄中。

5 **Please bring along the minutes of yesterday's meeting.**
請將昨天的會議記錄帶過來。

6 **I'm not quite sure about how to take minutes.**
我不是很確定如何做會議記錄。

7 **Make sure the minutes do include the minority opinions.**
請確保會議記錄包括少數人的意見。

8 **Let's quickly go over the minutes from our last meeting.**
讓我們回顧一下上次會議的記錄。

9 I'd like to make a motion to approve the minutes from the last meeting.
我提議核准上次的會議記錄。

10 Should I write down every word that everyone says?
我要把每個人說的每個字都記下來嗎？

11 Is there anything that I should pay special attention to when I take the minutes?
我做會議記錄時有什麼需要特別注意的嗎？

12 Could you copy the minutes for me?
你能給我一份會議記錄影本嗎？

13 How do you plan to distribute the information about yesterday's meeting?
你準備怎樣傳送昨天會議的相關信息？

14 Send the meeting brief to the managers by email and ask them to forward it to the people underneath them.
透過電子郵件把會議簡要發給各主管們並請他們轉傳給他們下面的人。

15 The item in the agenda should include the chairman's report, department reports, and new investment plans.
議程上的項目應該包括主席報告、各部門報告和新事業投資方案。

 類型 9 簡報中設備、資料、輔助器材最常使用之重點句子 | ⊙ MP3 078

1 This microphone doesn't function properly.
這麥克風故障了。

2 I'll show you some graphs on the screen.
我將請各位看螢幕上的一些圖表。

3 I'd like to explain using some slides.
我想用一些投影片來說明。

4 Please take a look at this interesting overhead.
請看這張有趣的投影片。

5 **I'll give you a set of handouts on this issue.**
我將提供大家這項議題的相關資料講義。

6 **I'd like to use this flip chart in my presentation.**
我想在簡報中用到這張活動掛圖。

7 **Please look at the chart on page 111 of this brochure.**
請看這本小冊子第 111 頁上的表格。

8 **There is a problem with this OHP.**
這個投影機有些問題。

9 **Let me give you a brief explanation of the handouts.**
讓我簡單說明一下發給大家的講義資料。

10 **I'm afraid this computer crashed.**
這台電腦恐怕是當機了。

11 **I'll use my computer projector to give you a PowerPoint presentation.**
我將會用電腦投影機給各位看一些 PowerPoint 的簡報。

類型 10 視訊會議必用句子　MP3 079

1 **There is a time lag on video and audio connections.**
視訊和語音的聯結有時間差。

2 **I can't log on to the meeting.**
我不能登入到會議中。

3 **The reception is so bad here!**
這裡收訊很差。

4 **I can hardly hear what you are saying.**
我幾乎聽不到你在說啥。

5 **His lips are out of sync with what he is saying.**
他的嘴型和他所說的對不上來。

6 **Your image is coming through clearly.**
你的影像我們看得很清楚。

7 **Your lips and voice aren't matching.**
你的聲音和影像對不上。

8 **Let's reassemble then.**
之後我們再重新開會。

9 **Should we switch to an audio-only conference call?**
是否我們該切換為純語音會議？

10 **The time difference is a real problem.**
時間差實在是個問題。

11 **Can you see me this time?**
這次你們能看到我嗎？

12 **Bob tested it with two remote sites with no problems.**
寶伯試了兩個遠距網址都沒有問題。

How to take perfect minutes 如何做完美的會議記錄

Do not miss 不可錯失

❑ **the heading telling the name of the company** 公司名稱的標題
❑ **the place holding the meeting** 舉行會議的地點
❑ **people present** 與會人員
❑ **the content** 會議內容
❑ **the exact date and time** 確切的日期和時間

會議議程格式

（通常在開會前透過電子郵件或傳真發給與會者）

Agenda for Marketing Meeting
Wednesday 21 October, 2013
9:00 a.m.~12:00 p.m. , Room 801

1. Welcome
2. Minute of last meeting
3. Presentation of Marketing Director　20mins
4. Marketing Presentation　15mins
5. Each proposals　40mins
6. AOB (Another Other Business)

說明議程的步驟

A. Please look at your copy of the agenda.
B. There are 10 items on the agenda today.
C. Let's start with number 1.
D. Now that we've discussed item 2, let's move on to item 3.

　　會議英文及簡報英文是多益考試中不論在對話題或獨自演講中頻率極高的一項主題。要能精通此類題目，最基本的即是掌握這二大單元中每一環節的關鍵單字、用語及各種情境的句型。而在職場中，這更是讓你不會覺得挫敗的一項利器—聽的懂，才能回應對方。

🎧 聽力演練

🎧✎ 聽力演練 1　聽聽看，試選答案！　💿 MP3 080

____ ① Why does Dave need Jonathan's help?

　　(A) He wants to learn more about business.

　　(B) He wants him to pay for lunch.

　　(C) He knows Jonathan can offer some expert advice.

　　(D) He wants Jonathan to go meet his client for him.

____ ② What will Dave discuss with his client?

　　(A) International trade.

　　(B) The terms of an agreement.

　　(C) How to get enough business knowledge.

　　(D) What to do when signing a contract.

____ ③ What is the relationship between Jonathan and Dave?

　　(A) They are brothers.

　　(B) They are friends.

　　(C) They are neighbors.

　　(D) They are strangers.

....

解答

① (C)　② (B)　③ (B)

Questions 1-3 refer to the following message.

Hello, I would like to leave a message to my friend Jonathan. Jonathan, this is Dave. I will be leaving the office around noon to meet a client. We will be discussing the terms of a binding agreement. I need your expertise and knowledge on this. I would love to meet with you about fifteen minutes beforehand to discuss some details. Please call me as soon as you come in. Thanks.

哈囉，我想留言給我的朋友強納森。強納森，我是戴夫。我大約會在中午時離開辦公室去見一位客戶。我們將會討論一項具有約束力合約的條款。我需要你的專業和知識幫我完成這項工作。我希望在與客戶晤談前十五分鐘和你碰面，討論一些細節。到辦公室以後，請立刻打電話給我。謝了。

① 戴夫為什麼需要強森的協助？

　(A) 他想多了解一些商業的事。

　(B) 他希望他能付午餐費用。

　(C) 他知道強納森能提供一些專業的建議。

　(D) 他希望強納森幫他去見他的客戶。

② 戴夫將和他的客戶討論什麼？

　(A) 國際貿易。

　(B) 合約的條款。

　(C) 如何獲得足夠的商業知識。

　(D) 簽約時的注意事項。

③ 強納森和戴夫間的關係為何？

　(A) 他們是兄弟。

　(B) 他們是朋友。

　(C) 他們是鄰居。

　(D) 他們是陌生人。

_____ ① At what time will the seminar begin?

(A) 12:30 p.m.

(B) 3:00 p.m.

(C) 3:30 p.m.

(D) 4:30 p.m.

_____ ② How much does the seminar cost?

(A) $15 per person.

(B) $20 per person.

(C) $25 per person.

(D) It's free.

_____ ③ Which of the following will probably NOT be discussed at the seminar?

(A) How to diet properly.

(B) What minerals the body needs.

(C) How to avoid injury during exercise.

(D) How to reduce fat in your diet.

解答

① (A)　② (D)　③ (C)

錄音內容

Questions 1-3 refer to the following notice.

Have you ever wanted to lose weight, but never quite knew how to go about doing it? This Saturday afternoon at 12:30 p.m. Intermountain Healthcare Center, in conjunction with Harris Nutritional Advisement Center, will be holding a free seminar on healthy weight loss and basic nutrition. The seminar will be three hours in length and there will be a one-hour question and answer session afterward. Anyone interested in attending should fill out a registration form available at their local Intermountain Healthcare Center.

你有沒有過想減輕體重但卻不知應該如何著手呢？本週六下午 12:30，山間保健中心和哈利斯營養顧問中心將共同舉辦一場免費的健康減重和基礎營養的研討會。此研討會將進行三個小時，之後並有一小時的問答時間。任何有興趣參加的人請至各地的山間保健中心填寫報名表。

題目 & 選項中譯

① 這個研討會將在何時開始？
   (A) 下午 12:30。
   (B) 下午 3:00。
   (C) 下午 3:30。
   (D) 下午 4:30。

② 此研討會要收多少錢？
   (A) 每人 15 元。
   (B) 每人 20 元。
   (C) 每人 25 元。
   (D) 免費。

③ 下列何者可能不會在此研討會中討論到？
   (A) 如何適當的飲食。
   (B) 身體需要何種礦物質。
   (C) 如何避免在運動中受傷。
   (D) 如何降低飲食中的脂肪。

🎧✏ **聽力演練 3** 對話題　💿 MP3 082

____ ① What is the man going to do?
   (A) Buy a record from Mary.
   (B) Ask Mary for the time.
   (C) Check the records of the last meeting.
   (D) Write out a check.

① (C)

> Woman: Did we come to a decision about this at the last meeting?
>
> Man:　　I think we did, but let me check first.
>
> Woman: I believe Mary was keeping the minutes at the time.

女：上次會議我們對這件事有做出決定嗎？

男：我想我們有，讓我先確認一下。

女：我想瑪莉是當時負責做會議紀錄的人。

① 男子準備要做什麼？

　(A) 向瑪莉買唱片。

　(B) 問瑪莉時間。

　(C) 確認上次會議的紀錄。

　(D) 開一張支票。

_____ ② When did the man get back from his trip?

　(A) This morning

　(B) Last night

　(C) Last week

　(D) A few days ago

② (A)

Woman: How come you weren't at work for the past few days?

Man: I went overseas last week on a business trip and didn't fly in until this morning.

Woman: Well, now that you're back, can we schedule a meeting for tomorrow afternoon?

錄音中譯

女：過去幾天你怎麼沒來上班呢？

男：我上週到海外出差，今早才飛回來的。

女：那，你既然回來了，我們能預約明天下午的會議嗎？

題目 & 選項中譯

② 男子何時從旅行中回來的？

(A) 今天早上

(B) 昨天晚上

(C) 上週

(D) 幾天前

進階題：聽完對話後，將可能答案的關鍵字寫出來。

③ What is the purpose of this conversation? _____

④ Where is this conversation most likely being held? _____

⑤ What is the speakers' relationship? _____

解答

③ To confirm whether a conference room has been reserved for a meeting.

④ Very likely in an office.

⑤ They are co-workers.

錄音內容

Woman: Did you reserve the conference room for our meeting?

Man: That one has already been reserved by the sales department.

Woman: Try to reserve the smaller meeting room upstairs then.

女：你有沒有預約我們開會用的會議室？

男：那間會議室已經被業務部訂走了。

女：那試試預約樓上的小型會議室。

③ 對話的目的為？

④ 對話最有可能在哪裡發生？

⑤ 說話者的的關係為何？

【解答】

③ 確認會議室是否有被預訂開會用。

④ 很有可能在辦公室。

⑤ 他們是同事。

聽力演練 4　聽聽看，試選答案！　　MP3 083

____ ① What is being announced?

    (A) To reschedule the event

    (B) To postpone the meeting

    (C) To conduct a survey

    (D) To register for a convention

____ ② What can't attendees for the deluxe package do?

    (A) Friday night banquet

    (B) Sunday music concert

    (C) Sunday sports match

    (D) Saturday event

____ ③ When is the announcement made?

    (A) At the end of the meeting

    (B) In the beginning of the meeting

    (C) In the middle of the meeting

    (D) Friday night

解答

① (D)　② (B)　③ (A)

錄音內容

　　Before we wrap up today's meeting, I have an announcement to make. The registration fee for the Marketing Research Association's annual conference has been changed.

　　The standard registration package is $420 which includes access to all the professional events and lectures. However, the deluxe package will be $650 since the hotel rate is increasing. Besides, the Friday night banquet, Saturday barbecue by the lake and Sunday national tennis tournament will be provided to the attendees for the deluxe package.

　　The details for both packages mentioned above are in our information package, which I'll e-mail you after lunch.

錄音中譯

　　在今天的會議結束前，我有事宣告。「行銷研究協會的年度會議」的報名費用已有調整了。

　　報名標準型套裝，包括可參與所有專業的活動及演講，費用為 420 元。而由於住宿旅館的費用在上漲中，豪華型的套裝費用將調整為 650 元。此外，週五晚上的宴會、週六湖畔烤肉及週日國際網球錦標賽也將提供給報名豪華套裝的參與者。

　　以上所提供的二種套裝報名方式的細節都會在我們的資訊袋中，午餐後我將會寄電子郵件給大家。

題目 & 選項中譯

① 何事被宣告？

　　(A) 重訂活動時間

　　(B) 延後舉行會議

　　(C) 做一項調查

　　(D) 登記參加一場大會

② 豪華套裝行程的參與者不能做何事？

(A) 週五的晚宴

(B) 週日的音樂演唱會

(C) 週日的運動比賽

(D) 週六的活動

③ 此宣告在何時宣布？

(A) 會議結束時

(B) 會議開始時

(C) 會議中間

(D) 週五晚上

聽力小幫手

● 必用之簡報語言技巧字眼

(A) 用「對比」字眼

❏ **On the contrary,**

❏ **Conversely,**

❏ **On one hand, …**

❏ **But on the other hand, …**

❏ **However,**

❏ **Although …, still …**

(B) 用「因果」字眼

```
      ┌ results from   ┐
果  ┤  arises from     ├  因
      │  is caused by    │
      └ is attributable to ┘
```

(C) 用「連接、轉折」字眼

❏ **First / To begin with / First of all**

❏ **Next**

❏ **Then**

❏ **And then**

❏ **What's more**

❏ **Besides**

❏ **In addition**

❏ **Furthermore**

❏ **Additionally**

❏ **Moreover, …**

❏ **…, too**

❏ **… as well.**

❏ **Ultimately, …**

❏ **Finally, …**

(D) 用「比較」字眼

❏ **The main difference between … and … is …**

❏ **Another difference should be …**

❏ **Unlike …, ... is …**

❏ **Compared with …, …**

❏ **In comparison with …, …**

真題演練 1　閱讀測驗【新聞記者會】

My name is Rick Allert, and I'm the chairman of Tourism Australia. It's my pleasure to welcome you all here today. I'm excited and all of my board colleagues are equally excited and delighted with our new global campaign "There's Nothing Like Australia." And this industry, which is so vital to the Australian economy and to communities around the country and all of the regional areas, deserves a campaign like this one. We asked Australians to join us in inviting the world to visit Australia. This Campaign has been built from two key insights. Insight number One: The world—and there are many people from different countries here—travels to experience difference, and Australia is a place that is very different as a destination, a very motivating place. The second big insight this campaign was built on... we did a survey of Australians and more than eight-in-ten Australians told us that they believe they know what are the hidden **gems**, what are the great destinations that we should demonstrate to our world. And eight-in-ten Australians told us as well that they'd like to be involved with Tourism Australia to invite the world to our great country. So with those two insights we've built this campaign. The really pleasing part of this campaign so far has been that the Australian tourism industry, our airplane partners, and the world tourism collective are really backing it. Perhaps most importantly to this campaign, we have fully engaged in the industry and said, "What do you want them to see? How do you want your products and your services demonstrated to the world?" The thing that we really set out to do is to make a personal connection with travelers, and I think that's really important, because, especially for Asian markets, we need to portray Australia as a sort of a place where they can be comfortable and enjoy the destination. We think the line "There's Nothing Like Australia" is a line for the ages. There's nothing like it, is there? NO.

（101 年雲林科大研究所）

_____ ① Where was this speech most likely given?

(A) an academic seminar

(B) a press conference

(C) a management workshop

(D) a faculty meeting

_____ ② What's the speaker's intension?

(A) He was delighted the campaign has been successful.

(B) He advocated local trips around Australia.

(C) He invited his fellow nationals to promote the campaign.

(D) He encouraged collaboration between travelers and tour guides.

_____ ③ What's the meaning of the underlined word gems?

(A) pavilions　　(B) vicinities　　(C) treasures　　(D) ornaments

_____ ④ Why is there no place like Australia?

(A) Its culture is similar to Europe.

(B) It's characterized by its aromatic herbs.

(C) It's geographically close to Asian countries.

(D) It features unique landscapes.

_____ ⑤ What's one of the effective ways the speaker regarded as attractive to travelers in Australia?

(A) Local residents value their interaction with tourists.

(B) Inhabitants respect tourists' privacy.

(C) Residents accept both individualism and collectivism.

(D) Koalas are the symbol of domestic species.

① (B)　② (C)　③ (C)　④ (D)　⑤ (A)

中譯

　　我叫查理艾伯特，目前擔任澳洲觀光局局長。今天很高興邀請大家來這兒。我和所有也在觀光局工作的同事們都對我們新推廣的全球性活動「澳洲就是與眾不同」感到很興奮。觀光業對澳洲的經濟、全國的社區以及所有的鄰近區域都極為重要，因此應該經營。我們要求所有的澳洲人加入我們的行列一同邀請全世界來澳洲旅遊。這項活動基於兩個重要的視角。第一個視角是「全世界」——本地有極多來自不同國家的人——都到澳洲來體驗不同的人生，而和其他旅遊目的地比較，澳洲是極不一樣的，它是個充滿刺激的地方。此活動的第二個視角則是……我們對本國人做了一項調查，結果顯示有八成的澳洲人認為他們知道澳洲有什麼隱藏的珍寶、有什麼美麗的地方是澳洲人可以展現給全世界看的。而有八成的人也很樂意參加觀光局的這項活動，邀請全世界的人到我們這個偉大的國家玩。我們的活動就基於這兩個視角。至今，最令人高興的部份是澳洲觀光產業、我們的航空夥伴以及世界觀光集團全體皆極支持我們的活動。或許此活動最重要的是我們全力投入此產業中，並問業者「你們希望世界看到什麼？你們如何把產品和服務展現給全世界？」我們真正開始著手的就是個別和遊客建立關聯，而我認為這點極重要，因為我們需將澳洲描繪成一個舒適的地方，是可以充滿享受的去處，特別是對亞洲市場而言。我想「澳洲就是與眾不同」這句話能夠永遠流傳下去。沒有任何地方像澳洲一樣的好，不是嗎？當然沒有。

題目 & 選項中譯

① 這個演講最有可能是在何處發表？
　(A) 學術研討會
　(B) 新聞記者會
　(C) 管理專題研討會
　(D) 教職人員會議

② 演講者的用意為？
　(A) 他很高興活動推廣成功。
　(B) 他提倡在澳洲當地的旅行。
　(C) 他邀請澳洲的國人推廣此活動。
　(D) 他鼓勵旅客和導遊間的合作。

③ 畫底線字 "gem" 是何意思？

(A) 展示館

(B) 附近地區

(C) 珍寶

(D) 裝飾

④ 為何沒有任何地方比得上澳洲？

(A) 它的文化和歐洲相似。

(B) 它有芳香的草本植物為其特徵。

(C) 它的地理位置靠近亞洲國家。

(D) 它以獨特的風景為特色。

⑤ 演講者認為澳洲吸引遊客的有效方法之一為何？

(A) 當地居民重視他們和遊客間的互動。

(B) 居民尊重觀光客的隱私。

(C) 居民接受個人主義及集體主義。

(D) 無尾熊為澳洲本土生物的象徵。

破題大法

① 本題考地點。文章開頭兩句說話者即表明他是 the chairman of Tourism Australia, 並點出主要目的是發表 our new global campaign "There's Nothing Like Australia." 由此可推知 (B) a press conference「記者會」為最恰當答案。

② 問 " intention " 即為問主旨。由第四句 We asked Australians to join us in inviting the world to visit Australia. 即可知，說話者是在鼓勵澳洲人一起帶全世界看到澳洲之美。因此答案 (C) He invited his fellow nationals to promote the campaign. 為正確選項。(主旨通常出現在前幾句中。)

③ 本提問 gem 這個字的意思，故回文章中該句 … they know what are the hidden **gems**, what are the great destinations that we should demonstrate to our world.，而由前後文可判斷出最佳答案為 (C) 珍寶。

④ 在 " There's nothing like Australia" 後，文章提到 The Campaign has been built from two keys insights. One ... The second …, what are the great destinations that we should demonstrate to our world.，強調百分之八十的澳洲人認為澳洲有許多景點值得去見識，故本題選 (D)。

⑤ 由文章末尾處的 The thing that we really set out to do is to <u>make a personal connection with travelers</u>, and I think that's really important, ... 可之答案為 (A) 當地居民重視他們和遊客間的互動。

🖉 真題演練 **2** 克漏字【企業之商業計劃】

Every business starts with a strong business plan—it is the foundation and the building block of every company. A good business plan will ① _____ be the blueprint of your business, it will also provide you with a good entry into many doors, including the door of investors and financial institutions.

The due diligence of starting a company can be ② _____. ③ _____ our help, you will have an excellent plan. Your customers or clients will now get your message and ④ _____ you from the sea of competitors. Most importantly, with the right mix of marketing strategies, your customers will act ⑤ _____ the message and buy from you. With a strong marketing plan, you will not only build brand identity, you will enhance your revenue.

（100 年第一次郵政從業人員甄試試題普通科目）

① (A)ever   (B)as well   (C)not only   (D)so much

② (A)overwhelm   (B)overwhelming
    (C)overwhelmed   (D)overwhelmingly

③ (A)By   (B)Upon   (C)With   (D)From

④ (A)distinct   (B)extinguish   (C)extinct   (D)distinguish

⑤ (A)on   (B)at   (C)by   (D)with

....

解答

① (C)   ② (B)   ③ (C)   ④ (D)   ⑤ (A)

中譯

　　每個企業皆從一個強大的商業計劃開始—這是每家公司的基礎及組成。好的商業計劃不僅是企業的商業藍圖，它也會幫你提供進入許多層面的良好管道，包括投資者和金融機構。

公司開始的盡職調查會令人喘不過氣。有了我們的幫助，你會有一個絕佳的計畫。你的顧客或客戶將得到你的訊息，並將你從眾多的競爭對手中區別出來。最重要的是，透過正確的行銷策略組合，你的客戶將憑藉你的訊息向你購買。有了強大的行銷計畫，你不僅能建立品牌形象，還能提高營收。

題目 & 選項中譯

① (A) 曾經　　　　(B) 以及　　　　(C) 不僅　　　　　　(D) 如此多
② (A) 壓倒（原型）(B) 勢不可擋的　(C) 壓倒（過去分詞／過去式）(D) 勢不可擋地
③ (A) 藉由　　　　(B) 在～之上　　(C) 有～的　　　　　(D) 來自
④ (A) 不同的　　　(B) 熄滅　　　　(C) 滅絕的　　　　　(D) 區別
⑤ (A) 在～上　　　(B) 在　　　　　(C) 藉由　　　　　　(D) 有～的

破題大法

① 考 "not only~ (but) also"「不僅～而且」，故選 (C)。
② 空格前有 be 動詞，故 (A)、(D) 可先排除。而由前後文意來判斷，本題應選表「主動」的現在分詞 (B)，而非表「被動」的過去分詞 (C)。
③ 考介系詞片語，(A) 藉由 (B) 在～之上 (C) 有～的 (D) 來自，故選 (C) with our help 經由我們的幫助。
④ 由空格前的對等連接詞 and 可知，空格中應填入動詞。(A) distinct 與 (C) extinct 為形容詞，可先刪除。本題應選 (D)distinguish，表達「從眾多競爭對手中『區別』出來」。
⑤ 本題考動詞片語，"act on" 指「憑藉或遵照～行動」。

重要字詞

① **foundation** 基礎
② **building block** 組成部分
③ **blue print** 藍圖
④ **competitor** 競爭者
⑤ **due diligence** 盡職調查
⑥ **client** 客戶
⑦ **marketing strategies** 行銷策略
⑧ **brand identity** 品牌形象
⑨ **enhance** 提高
⑩ **revenue** 收入

Evaluation yields policy-relevant knowledge about discrepancies between expected and actual policy performance, ①_____ policy-makers in the policy assessment phase of the policy-making process. ②_____ not only results in conclusions about the extent ③_____ problems have been alleviated, it may also contribute to the clarification and critique of the values ④_____ a policy, ⑤_____ in the adjustment or reformulation of policies, and establish a basis for restructuring problems.

（86 年中興大學研究所）

① (A) and helping　　(B) and assisting　　(C) thus assisting　　(D) by assisting
② (A) With monitoring　(B) As monitoring　　(C) In monitoring　　(D) Monitoring
③ (A) which　　　　　(B) to which　　　　(C) of which　　　　(D) in which
④ (A) driving　　　　(B) driven　　　　　(C) drives　　　　　(D) which drives
⑤ (A) and　　　　　　(B) then　　　　　　(C) aid　　　　　　(D) aides

解答

① (C)　② (D)　③ (B)　④ (A)　⑤ (C)

中譯

　　評估可產生關於預期與實際執行政策間之差異的相關知識，如此在決策過程中的評估階段對決策者有所助益。監控不僅有助於了解問題減輕的程度，也可對於推動一項政策的價值提供說明與評論、對於政策的調整及重新規劃有幫助，並可為問題的重建奠定基礎。

題目 & 選項中譯

① (A) 並且幫助　　　　(B) 並且協助　　　(C) 如此協助　　　(D) 藉由協助
② (A) 以監控　　　　　(B) 隨著監控　　　(C) 在監控時　　　(D) 監控（動名詞）
③ (A) 關係代名詞　　　(B) to＋關係代名詞
　　(C) of＋關係代名詞　(D) in＋關係代名詞
④ (A) 推動（現在分詞）(B) 推動（過去分詞）
　　(C) 推動（第三人稱單數現在簡單式）(D) 關代＋推動（第三人稱單數現在簡單式）

⑤ (A) 並且　(B) 然後　(C) 幫助（動詞原型）　(D) 幫助（第三人稱單數現在簡單式）

破題大法

① 逗點前已有主詞（Evaluation）及動詞 (yields)，因此逗點後只需用分詞。(A) 與 (B) 中有對等連接詞 and，故必須用動詞而非分詞。(D) 之 by 指「藉」，為介系詞，其後則為動名詞，語意與文法皆有誤。選項 (C) 中之 thus 為副詞，指「如此」，語意與文法皆正確。

② 空格為句子開頭，後有動詞片語 result in，故需填入一主詞。答案中只有 Monitoring 動名詞可當主詞用，故選 (D)。

③ 選項皆為關係代名詞 which+ 介系詞，而與先行詞 extent 搭配的應為介系詞 to。(B) 為正確選項。

④ 空格前的子句中有主詞 it 及動詞 contribute to，而空格後為受詞名詞 policy（政策），故選表主動之現在分詞 (A) driving。

⑤ 由本句最後一個子句前的對等連接詞 and 可知，此為動詞平行對稱 V1, V2 and V3 的句型，而由 V1 (contribute) 之前的助動詞 may 可知，本題應選原形動詞 (C) aid。

重要字詞

① **yield** 產生
② **evaluation** 評估
③ **policy-maker** 決策者
④ **assessment** 評估
⑤ **phase** 階段
⑥ **discrepancy** 差異
⑦ **extent** 程度
⑧ **alleviate** 減輕；緩和
⑨ **critique** 評論
⑩ **clarification** 澄清；說明
⑪ **adjustment** 調整
⑫ **restructure** 重建
⑬ **contribute to** 有助於
⑭ **result in** 導致
⑮ **reformulation** 重新規劃

✐ 真題演練 4　閱讀測驗【銷售策略】

　　A long time ago, I asked a senior executive with Seiko why Japan's economy relied so heavily on exports. For economies of scale, he replied. Seiko made 85 million wristwatches a year. The company had to sell globally to find enough customers. This year I heard a twist on that sales strategy from Ngan Hei Keung, Chairman of Hong Kong's Mainland Headwear Holdings Ltd. Keung's company makes 30 million baseball caps a year in Shenzhen, China, for the U.S. market. I said that sounded like a plan for going out of business in just a few years, since the market would soon be saturated. Not a worry, he replied. Americans have five to 10 hats apiece. In Texas, Dell Inc. practices another strategy. They take orders from around the world for millions of customized computers. Their sales strategy is simple: Offer customers exactly what they want. (from Studio Classroom Advance)

（96 年彰化師範大學研究所）

____ ① How many different sales strategies are mentioned in this passage?
   (A) 2　　　(B) 3　　　(C) 4　　　(D) 5

____ ② Which of the following companies practices the strategy "Offer customers exactly what they want"?
   (A) Seiko
   (B) IKEA
   (C) Dell Inc.
   (D) Hong Kong's Mainland Holdings Ltd.

____ ③ Suppose a certain city in America has a population of 1 million. At least how many hats are needed in this city on average?
   (A) 1 million　　(B) 5 million　　(C) 10 million　　(D) 20 million

---

解答

① (B)　② (C)　③ (B)

中譯

　　多年前，我曾問過 Seiko 精工錶的高級主管，為何日本的經濟如此依賴出口貿易。他的回答是：「因為經濟規模的關係」。Seiko 每年生產八千五百萬支手錶，該公司必須將產品銷售到全球各地以求有足夠的買主。今年我從香港的中國製帽股份有限公司的總裁 Ngan Hei Keung 那兒聽到對於那個銷售策略的扭轉。他公司每年在中國深

圳生產三千萬頂棒球帽銷售到美國市場。當時我說那聽起來像是要讓公司在幾年內就關門大吉的計畫，因為市場很快就會飽和了。他回答：「不要緊的，美國人一個人有五到十頂帽子的。」德州的戴爾電腦則實行另一個策略。他們接收來自全世界各地千百萬台客製化的電腦訂單。他們的銷售策略極簡單：顧客想要什麼，就給他們什麼。

題目 & 選項中譯

① 本文中提到了幾種不同的銷售策略？

   (A) 2　　　　(B) 3　　　　(C) 4　　　　(D) 5

② 以下哪家公司實行「顧客想要什麼，就給他們什麼」的策略？

   (A) Seiko　　(B) IKEA　　(C) Dell Inc.　　(D) Hong Kong's Mainland Holdings Ltd

③ 假設美國的某特定城市有一百萬人口，那平均來說該城市至少需要多少頂帽子？

   (A) 二百萬　　(B) 五百萬　　(C) 一千萬　　(D) 兩千萬

破題大法

① 文章中提到了三種策略：第一種為 Seiko，第二種為中國製帽，第三種為德州 Dell 電腦公司。(B) 為正確答案。

② 題目問 "Offer customer exactly what they want" 是哪家公司的行銷策略。回文章找到文末講述 Dell 電腦公司的行銷策略時可看到 Their sales strategy is simple: Offer customers exactly what they want.，故答案為 (C) Dell Inc.。

③ 文中提到中國製帽的總裁回答：Americans have five to 10 hats apiece.。由此可推論出，一百萬人需要五百萬～一千萬頂帽子，也就是至少五百萬頂，因此答案為 (B)。

重要字詞

① **senior executive** 高層主管　　② **economies of scale** 經濟規模

③ **twist** 扭轉　　④ **strategy** 策略

⑤ **holdings** 持有的股份　　⑥ **saturate** 飽和

⑦ **customized** 客製化的　　⑧ **apiece** 每人

⑨ **out of business** 停業

（一）實用短句及句型

以下為開會及簡報的實用短句和句型。不要小看它的們用途，絕對有畫龍點睛的功能喔！

A 表同意

❏ No problem.

❏ Why not?

❏ Right on.

❏ Sure.

❏ That's a great idea.

❏ Sounds good to me.

❏ That's exactly the point.

❏ That's what I think.

❏ That's right.

❏ So do I.

❏ Would I never!

❏ You said it!

❏ I'll say!

❏ You can say that again.

❏ Exactly.

❏ By all means.

❏ That's a good point.

❏ I couldn't agree with you more.

❏ That'll do.

❏ That's doable.

❏ You're exactly right.

❏ Not really. / No likely.

❏ Thanks, anyway, but I can't.

❏ Sorry, but ...

❏ No, let's ...

❏ I doubt ...

❏ I'm not sure if ...

❏ I really don't think so.

❏ Maybe you are right, but ...

❏ I can see it a different way.

❏ I can see another aspect of it.

❏ I don't think so.

⇩（語氣較強烈的用法）

❏ I really don't know.

❏ I think you're missing the point.

❏ I can't go along with that.

❏ I'm not so sure about that.

❏ I can't agree with that.

❏ We just can't do that.

C 要求與拒絕

要求	拒絕要求
❏ Do you mind if ...? ❏ Would you mind ...? ❏ Would you please ...? ❏ Would you like ...? ❏ Will you ...?	❏ I'd love to, but … ❏ I'm afraid not. ❏ That's out of the question. ❏ Sorry, but …

❏ Could you ...? ❏ Do you think you could ...? ❏ Would it be ok if ...?	

D 詢問意見

❏ How'd you like ...?

❏ How would you describe ...?

❏ How was ...?

❏ How about ...?

❏ What do you think about?

❏ Why do you think that?

❏ Will you tell me what you think of ...?

❏ Any thoughts on ...?

❏ Give me your insights on ...

❏ What's your slant on ...?

❏ What's your take on ...?

❏ I'd like to hear your opinion of ...

❏ Mary, you wanted to say something ...?

❏ Do you have any questions?

E 表勸告、建議

❏ Why don't you ...?

❏ Why not ...?

❏ You'd better ...

❏ If I were you, I'd ...

❏ Try ...

❏ I really think ...

❏ You really should ...

- ❏ Do you consider ...?
- ❏ Do you think of ...?
- ❏ What if we ...?
- ❏ What would you say to ...?
- ❏ Why don't we ...?
- ❏ Why bother ...?
- ❏ How does ... sound?
- ❏ How about ...? / How about if we ...?
- ❏ What about ...?
- ❏ How would you feel about ...?
- ❏ What do you think about ...?
- ❏ Maybe you should ...?
- ❏ Would you like to ...?
- ❏ Perhaps we should ...
- ❏ Perhaps we could ...
- ❏ You could always ...
- ❏ Have you ever though of ...?
- ❏ I think we should ...
- ❏ I don't suppose we could ...
- ❏ I suggest we + 動詞原型
- ❏ I recommend we + 動詞原型

F 回應用語

1. 贊成

- ❏ I'm so glad to hear that!
- ❏ Nice one!
- ❏ Fantastic!
- ❏ Sweet!
- ❏ Beautiful!

❏ **Wow!**

❏ **I agree that …**

❏ **Yes, I like that!**

❏ **That's a good idea!**

❏ **That's interesting. Go on!**

2. 不相信

❏ **No way!** ⇨ **C'mon!** ⇨ **That's crazy—it would never work!**

❏ **Get real!**

❏ **Get out of here!**

❏ **You can't be serious!**

❏ **Don't be silly!**

3. 表同情

❏ **You must feel awful!**

❏ **I know how you must feel.**

❏ **What a nightmare!**

❏ **How can that be!**

❏ **Don't tell me!**

❏ **No!**

4. 表缺乏興趣

❏ **Oh, yeah?**

❏ **And?**

❏ **You don't say.**

❏ **Great.** (語調要下降)

5. 特別澄清、解釋

❏ **In fact, ...**

- ❏ In reality, ...
- ❏ Actually, ...
- ❏ As a matter of fact, ...
- ❏ The fact is ...
- ❏ The matter of the fact is ...
- ❏ That is, ...
- ❏ That is to say, ...
- ❏ Namely, ...

G 表達意見

- ❏ In my opinion, ...
- ❏ From my point of view, ...
- ❏ As far as I'm concerned, ...
- ❏ I would have to say that ...
- ❏ It seems to me that ...
- ❏ If you ask me, ...
- ❏ It's impossible to deny that ...
- ❏ It's obvious that ...
- ❏ Without a doubt, ...
- ❏ Generally speaking, I think that ...
- ❏ Basically, I believe that ...
- ❏ ... is probably ...
- ❏ I'm not sure one way or the other, but I guess ...
- ❏ As far as I can tell, ...
- ❏ In my own experience, ...
- ❏ Judging from what I've seen, ...
- ❏ We all know that ...
- ❏ Don't you think ...?
- ❏ Wouldn't you agree that ...?

- ❏ The best thing about … is that …
- ❏ There's no doubt that …
- ❏ It's quite clear that …
- ❏ Most importantly …
- ❏ And even important reason is …
- ❏ For one thing …
- ❏ And another thing is …
- ❏ Take …
- ❏ Let's take …
- ❏ Take … for example
- ❏ Take … as an example
- ❏ Remember?

I 表達優、缺點

優點

- ❏ One advantage is that …
- ❏ Another is that …

缺點

- ❏ However, that is a slight disadvantage in that …

J 做總結、結論

- ❏ Overall, ...
- ❏ Generally speaking, ...
- ❏ All in all, ...
- ❏ In brief, ...
- ❏ In a nutshell, ...

❏ **The key point is …**

❏ **To conclude, ...**

❏ **To sum up, ...**

❏ **To summarize, ...**

❏ **In conclusion, ...**

❏ **In summary, ...**

❏ **In a word, ...**

❏ **By and large, ...**

❏ **On the whole, ...**

❏ **Everyone agreed that …**

❏ **Basically, what 人 said was …**

❏ **The important point is …**

❏ **The main thing is …**

❏ **My conclusion is …**

📣 （二）主持簡報的各流程重點句型

A → 開場

● 打招呼、歡迎

❏ **Good afternoon, ladies and gentlemen.**

❏ **I'd like to thank you for coming.**

❏ **I'm delighted to have the chance to present …**

❏ **I'd like to thank you for giving me this chance to present …**

● 主題介紹

❏ **The subject of my presentation is …**

❏ **The theme of my talk is …**

❏ **Today's topic is about …**

❏ **I'm going to talk about …**

❏ Today, I'll be talking about …

❏ I've divided my talk into four parts.
❏ Firstly, ...
❏ Secondly, ...
❏ Then in the third part, ...
❏ Lastly, ...

● 行銷或吸引聽者方式

❏ Over the next five minutes, I'm going to talk about something that is truly vital to all of us.
❏ You're going to hear about a product that could double your profit margins.

● 時間分配說明

❏ My presentation will last for about fifteen minutes.
❏ There'll be a ten-minute break in the middle.
❏ I don't intend to take up more than twenty minutes of your time.

● 問題提出方式說明

❏ If you have any questions, I'll be happy to answer them after my talk.
❏ Please interrupt whenever you have any questions.
❏ Could we leave that question until the end of the presentation?

B → 進行正題

● 連接每段間用語

❏ That concludes …

- ❏ That's all for the …
- ❏ Now let's move to …
- ❏ This brings me to …
- ❏ To begin with, …
- ❏ Let's talk about …
- ❏ Now, I'd like to talk about …
- ❏ Another interesting …

順序架構

- ❏ There are three factors that …
- ❏ There are five stages to the project.
- ❏ I want to start with … And then … After that … Finally …
- ❏ There are four things to consider. First … Second … Third … Lastly …

強調論點

- ❏ It must be remembered that …
- ❏ We can see two advantages and one disadvantage.
- ❏ On the other hand …
- ❏ The most important point to make is …
- ❏ Remember that …

澄清論點

- ❏ In other words, …
- ❏ Let me put it another way, …
- ❏ I'll try to rephrase that …
- ❏ I think I'll try and put that more simply.

進入細節

- ❏ Let's go into this in more details.

- ❏ Why don't we concentrate on one aspect of this for a moment?
- ❏ We have to take into account ...

● 回到之前提過的話題重點

- ❏ In my introduction, I said ...
- ❏ As I mentioned earlier, ...
- ❏ Go back to what I was saying, ...
- ❏ To return to the first part, ...

● 概括化用句

- ❏ On the whole, ...
- ❏ Generally speaking, ...
- ❏ Often it is the case that, ...
- ❏ In broad terms, ...
- ❏ Roughly speaking, ...

● 舉例

- ❏ We can illustrate this by ....
- ❏ A good example of this is ...
- ❏ Take ... for instance.
- ❏ ... especially ...
- ❏ Let's take for example ...
- ❏ ... and in particular ...

C ➡ 簡報結尾

● 加入其他論點

- ❏ It's also true that ...
- ❏ There's another point I'd like to add about ...
- ❏ Perhaps I might also mention that ...
- ❏ Another point I'd like to make is ...

表歉意、禮貌

❏ I'm so sorry for having gone for so long.
❏ I'm sorry if this seems a little too technical.

邀請問題

❏ Now, any questions or comments?
❏ Now, I'd like to hear your comments.

摘要

❏ I'd like to finish by emphasizing the main points.
❏ To summarize, …
❏ I'd like to end with a brief conclusion.
❏ To recap, …
❏ In summary, …

結論

❏ I think we have to …
❏ I hope this has given you an outline of …
❏ What we need to do is …
❏ OK, today we've discussed with ...

⬇ 不可或缺的簡報小助手（視覺、投影……）

❏ Let's have a look at this transparency.
❏ I'll just put this on the overhead.
❏ The figures in blue represent …
❏ The point can be made more obviously in visual form.

✎ **評量 1** 請將下列框內單字填入適當的句子

(a) break into	(b) share
(c) statistically	(d) On behalf of
(e) relocating	

① _____ my company Avery Box, I'm happy to announce that we've broken ground on a new 20-story building in the city center.

② The sales director said that we should trust each other and feel free to _____ our opinions.

③ The Z800 showed a _____ significant improvement compared to the previous model Z700.

④ We're _____ to a new facility next month, and working there will be far more efficient with the state-of-the-art production equipment.

⑤ I'd like for us all to _____ small groups to start brainstorming promotion.

✎ **評量 2** 請將下列簡報的用句，按「簡報進行的順序」排列出來！

(A) At the end, I'll be suggesting a three-point strategy for dealing with this issue.

(B) I'd like to open my presentation today by giving you some background information on hotels around Sun Moon Lake in Taiwan.

(C) Hello everyone, my name is Wendy Sue and I represent Max and Mark Incorporated.

(D) When I've done that, I'll continue to compare our performance last quarter with our main opponent's performance over the same period.

(E) First, I'm going to bring you up to speed on the current situation.

(F) Then, I plan to discuss the main threats to your market share and to identify those key factors which you may do something about.

_____ ➡ _____ ➡ _____ ➡ _____ ➡ _____ ➡ _____

Answer the following questions briefly:

PARTICIPANT CRITERIA + PROGRAM ARRANGEMENTS

Participation in the Human Development Training Program is limited to those who are at least 25 years of age and / or have graduated from college. Proficiency in English, Mandarin and Taiwanese is required. Concern for and interest in human development at the local level is the primary factor in selecting the participants of HDTP. The program will be limited to 30 participants.

The HDTP will be held from July 28 to August 7, 1991 at the Benedictine Retreat Center in Tamshui, about 45 minutes by car northwest of downtown Taipei. Registration and check in will begin at 3 p.m. on July 28. The program will begin with supper at 6:30. Full-time residential participation is required for all in the program. Complete details regarding the program and fees will be provided for the applicants.

Persons interested in attending the HDTP should send a resume to the ICA Program Director, #58, Road 2, Tien Mou, Taipei 111, Taiwan, R.O.C. Name and address in Chinese and English should accompany the resume. The application deadline is July 1, 1991. Interested persons will be notified and interviews arranged.

（80 年靜宜大學研究所）

① What is HDTP?
② Who may participate?
③ Where will the program be held?

評量 4 聽完對話後選出正確答案　　MP3 084

___ ① What are the speakers discussing?
　　(A) Applying for the new job
　　(B) Attending a meeting
　　(C) Rescheduling a meeting
　　(D) Bringing some references

___ ② Why does the woman refuse the man's request?

(A) She does not have any idea.

(B) She wants to reserve the meeting room.

(C) She needs to take a day off.

(D) She has another appointment.

___ ③ What does the man say he will do?

(A) Tour the facility

(B) Talk to the manager

(C) Ask another co-worker

(D) Reschedule a meeting

🔑 解答

評量 1

① (d)　② (b)　③ (c)　④ (e)　⑤ (a)

【中譯】

① 僅代表我的公司 Avery Box，很高興地宣佈我們在市中心的一棟 20 層新大樓業已動土。

② 業務主任說我們應該彼此信任並自由地分享我們的意見。

③ 與之前的 Z700 型號比較，Z800 型號在統計數字顯現了重大的改善。

④ 我們下個月要搬遷到新廠區，那兒有最先進的生產設備，工作將有效率得多。

⑤ 我想我們應分成幾個小組來開始做促銷的腦力激盪。

評量 2

(C) → (B) → (E) → (F) → (D) → (A)

【中譯】

(A) 最後，我將建議處理此議題的三點策略。

(B) 我想以提供各位一些台灣日月潭週邊旅館的背景資訊來開始我今天的簡報。

(C) 大家好，我叫溫蒂蘇，我代表麥克斯和馬克有限公司。

(D) 在我完成之後，接著我將比較上一季在同時期我們和主要競爭對手的表現。

(E) 首先，我將提供各位最新的狀況。

(F) 然後，我將討論一下對於你們市場佔有率的主要威脅並指出那些或許你們可以處理的主要因素。

評量 3

① HDTP is an acronym for the "Human Development Training Program."

② Those who are at least 25 years of age and / or have graduated from college may participate.

③ The program will be held at the Benedictine Retreat Center in Tamshui, about 45 minutes by car northwest of downtown Taipei.

【文章中譯】

簡短的回答下列問題：

參加者的標準及課程安排

參與人力資源訓練課程者的年齡限 25 歲以上且或具有大學學歷。英語、國語、台語需流利。對本地人力資源之關懷及興趣為挑選參與此課程成員的主要因素。本課程將限制不超過 30 位參與者。

人力資源訓練課程將從 1991 年 7 月 28 日至 8 月 7 日止，地點在淡水 Benedictine 度假中心，從台北市中心往西北方向，約需 45 分鐘的車程。報名及報到將從 7 月 28 下午 3 點開始，課程將由 6 點 30 分的晚餐開始。本課程所有學員皆須住宿於本中心。完整的課程及收費細節皆會提供給申請者。

有興趣參與此課程者請寄上你的履歷表到中華民國台灣台北市天母二路 58 號，ICA 訓練中心主任收。履歷表需附上中英文姓名及地址。申請日期到 1991 年 7 月 1 日截止。有意者將收到通知並安排面談。

【題目 & 答案中譯】

① HDTP 是什麼？

HDTP 是「人力資源訓練課程」的首字母縮寫。

② 誰可能參加？

年齡 25 歲以上且或具有大學學歷的人皆可參加。

③ 課程將在哪裡舉辦？

課程將於淡水 Benedictine 度假中心舉辦，從台北市中心往西北方向，約需 45 分鐘的車程。

【重點字詞】

❏ **criteria** 標準　　　　　　　❏ **participant** 參與者

❏ **participation** 參加　　❏ **registration** 登記
❏ **residential** 住宿的　　❏ **applicant** 申請者
❏ **resume** 履歷表　　❏ **deadline** 截止日期
❏ **Mandarin** 國語　　❏ **notified** 被通知
❏ **proficiency** 流利度　　❏ **primary** 主要的
❏ **factor** 因素

評量 4

① (B)　② (D)　③ (C)

【錄音內容】

> M: Tina, I'd like to ask you a favor. I am going to attend the meeting next Monday morning, but one of my top clients called for an urgent request. Would you happen to have time to take part in the meeting instead?
>
> W: Oh, sorry, Nick, I won't be available next Monday morning. I have to make a marketing presentation at the Macy's store.
>
> M: That's all right. I'll ask Josh. He took part in one of the meetings before, and he is familiar with what we've been working on as well.

【中譯】

男：Tina，我想請妳幫個忙。下週一早晨我要出席會議，但是我的一位重要客戶打電話來說有緊急需求。妳會不會剛好有空可以代替我去參加會議？

女：喔，抱歉，Nick，下週一早上我沒空。我得去 Macy 的店裡做行銷簡報。

男：沒關係。我找 Josh 好了。他之前有參加過這種會議，而且他也熟悉我們一直在做的事情。

【題目 & 選項中譯】

① 談話者在討論什麼？

　(A) 申請新工作

　(B) 參加會議

　(C) 重新安排會議時間

　(D) 帶一些參考資料

② 女子為何拒絕男子的要求？
(A) 她沒有任何想法。
(B) 她想要預約會議室。
(C) 她需要休一天假。
(D) 她另外有約。

③ 男子說他會做什麼？
(A) 參觀廠房
(B) 和經理談話
(C) 找另一位同事幫忙
(D) 重新安排會議時間

特別
收錄篇

商展和談判

Part 1 你必須知道的「展場和談判」單字
Part 2 立即上手！「商展、談判」好用句
Part 3 主題驗收評量

A 商展

📁 商展相關人員　🔊 MP3 085

☐ **organizer** [ˋɔrgəˌnaɪzə] 图 主辦人／單位

☐ **certified meeting professional** 图 註冊職業會議籌劃者

☐ **floor manager** 图 展區管理人

☐ **show manager** 图 展覽管理人

☐ **booth staffer** 图 展場人員

☐ **keynote speaker** 图 主題演講人

☐ **exhibitor** [ɪgˋzɪbɪtə] 图 參展商

☐ **exclusive contractor** 图 獨家合同商

☐ **agent** [ˋedʒənt] 图 代理商

☐ **middleman** [ˋmɪdḷˌmæn] 图 中盤商

☐ **retailer** [ˋritelə] 图 零售商

☐ **distributor** [dɪˋstrɪbjətə] 图 配銷商

☐ **competitor** [kəmˋpɛtətə] 图 競爭者

☐ **client** [ˋklaɪənt] 图 客戶

☐ **attendee** [əˋtɛndi] 图 參觀民眾

☐ **lead** [lid] 图 潛在顧客

☐ **passerby** [ˋpæsəˋbaɪ] 图 過路客

☐ **consumer** [kənˋsjumə] 图 消費者

☐ **visitor** [ˋvɪzɪtə] 图 參觀者

☐ **the press** 图 媒體

☐ **principal** [ˋprɪnsəpḷ] 图 委託人

☐ **dispatcher** [dɪˋspætʃə] 图 調度人員

商展設備　🔊 MP3 086

- **layout** [ˈleˌaʊt] ⑧ 會場佈局圖
- **floor plan** ⑧ 展場平面圖
- **gross square feet** ⑧ 總面積
- **space assignment** ⑧ 空間配置、展位分配
- **standard booth** ⑧ 標準展位
- **peninsula booth** ⑧ 半島形展位
- **island booth** ⑧ 島形展位
- **booth** [buθ] ⑧ 攤位
- **perimeter booth** ⑧ 展場周邊攤位
- **table top display** ⑧ 桌面展示
- **show office** ⑧ 展覽辦公室
- **convention center** ⑧ 會議中心
- **accessory equipment** ⑧ 附屬設備
- **in-house sound** ⑧ 室內音響
- **public address system** ⑧ 展場廣播設備
- **cordless microphone** ⑧ 無線麥克風
- **table microphone** ⑧ 桌面麥克風
- **standing microphone** ⑧ 落地式麥克風
- **video equipment** ⑧ 影像設備
- **slide projector** ⑧ 幻燈機
- **overhead projector** ⑧ 投影機
- **projection stand** ⑧ 投影機架子
- **projection screen** ⑧ 銀幕
- **teleprompter** ⑧ 講詞提示機
- **outlet** [ˈaʊtˌlɛt] ⑧ 電源插座
- **extension cord** ⑧ 延長線
- **network** [ˈnɛtˌwɝk] ⑧ 聯網

- **hookup** [ˋhukˌʌp] ⑧ 連接線路
- **direct line** ⑧ 直撥電話
- **ventilation system** ⑧ 通風系統
- **installation & dismantling** ⑧ 展台搭建與拆除
- **stand-fitting service** ⑧ 展廳搭建服務
- **signboard** [ˋsaɪnˌbord] ⑧ 招牌
- **pipe** [paɪp] ⑧ 輸送管
- **drape** [drep] ⑧ 隔簾
- **baffle** [ˋbæfl] ⑧ 隔板
- **slide rail** ⑧ 隔離欄杆
- **site inspection** ⑧ 場所考察
- **freight forwarder** ⑧ 運輸公司
- **construction company** ⑧ 建築公司
- **move-in** [muv ɪn] ⑧ 布展期
- **move-out** [muv aʊt] ⑧ 撤展期

📂 商展基本必備用字 | 💿 MP3 087

- **trade fair** / **show** ⑧ 商展
- **International Chamber of Commerce** ⑧ 國際商會
- **booth number** ⑧ 展位數目
- **exhibit prospectus** ⑧ 參展信息手冊
- **exhibit directory** ⑧ 參觀指南
- **service kit** ⑧ 服務指南
- **meeting packet** ⑧ 會議資料袋
- **showcase** [ˋʃoˌkes] ⑧ 展示
- **hit the shelves** 上市
- **popularity** [ˌpɑpjəˋlærətɪ] ⑧ 曝光率
- **visibility** [ˌvɪzəˋbɪlətɪ] ⑧ 能見度

- **publicity** [pʌbˋlɪsətɪ] 名 宣傳（品）
- **catalog** [ˋkætəlɔg] 名 產品型錄
- **spec** [spɛk] 名 規格說明
- **spec sheet** 名 產品規格表
- **instructions** [ɪnˋstrʌkʃənz] 名 用法說明
- **test run** 名 功能測試
- **demonstration** [ˌdɛmənˋstreʃən] 名 示範說明
- **push** [puʃ] 動 推銷商品
- **gimmick** [ˋgɪmɪk] 名 花招
- **sample giveaway** 名 免費樣品
- **bundle** [ˋbʌndl] 名 搭售商品
- **prize wheel** 名 獎品轉盤
- **drawing** [ˋdrɔɪŋ] 名 抽籤
- **drum up** 兜攬生意
- **money-back guarantee** 名 保證退錢
- **sales slip** 名 銷售單
- **quote** [kwot] 名 / 動 報價
- **place an order** 下訂單
- **logistics** [loˋdʒɪstɪks] 名 物流
- **tally up** 名 清點
- **indication** [ˌɪndəˋkeʃən] 名 指示
- **on-site registration** 名 現場註冊
- **dealership** [ˋdiləʃɪp] 名 代理權
- **agency agreement** 名 代理協議
- **distribution channel** 名 經銷管道
- **informational material** 名 訊息材料
- **startup** [ˋstɑrtˌʌp] 形 新成立的
- **themed** [θimd] 形 特定主題的
- **business card** 名 名片

- **small quantity** 小量
- **minimum quantity** 最小數量
- **average quantity** 平均數量
- **moderate quantity** 中等數量
- **large quantity** 大數量
- **substantial quantity** 可觀的數量
- **enormous quantity** 巨大的數量
- **maximum quantity** 最大數量
- **total quantity** 總量
- **sufficient quantity** 足夠的數量
- **further quantity** 更多的數量
- **ballpark figure** 大略數字
- **net weight** 淨重
- **gross weight** 毛重
- **tare** [tɛr] 图 皮重
- **capacity** [kə`pæsətɪ] 图 容量
- **volume** [`vɑljəm] 图 體積

📁 **價格／付款／外匯** 💿 MP3 089

- **amount** [ə`maʊnt] 图 金額
- **list price** 图 定價
- **current price** 图 現行價格
- **retail price** 图 零售價格
- **wholesale price** 图 批發價格
- **market price** 图 市場價格
- **discount price** 图 折扣價格
- **special price** 图 特別價

- ❏ **invoice price** 名 發票價格
- ❏ **futures price** 名 期貨價格
- ❏ **spot price** 名 即期價格
- ❏ **world market price** 名 國際市場價格
- ❏ **flat** [flæt] 形 價錢均一的
- ❏ **steep** [stip] 形 價格過高的
- ❏ **steal** 名 價格低廉東西
- ❏ **unit price** 名 單價
- ❏ **net price** 名 淨價
- ❏ **total value** 名 總值
- ❏ **return commission** 名 回佣
- ❏ **price including commission** 名 含佣價
- ❏ **bottom line** 名 結餘
- ❏ **allowance** [əˋlaʊəns] 名 折扣；折價
- ❏ **freight** [fret] 名 運費
- ❏ **wharfage charges** 名 碼頭費
- ❏ **landing charges** 名 卸貨費
- ❏ **free on board** (FOB) 名 船上交貨價
- ❏ **cost, insurance and freight** (CIF) 名 成本加運費、保險費
- ❏ **cost and freight** (C&F) 名 運費在內價
- ❏ **advance payment** 名 預付款項
- ❏ **financing** [ˋfaɪnænsɪŋ] 名 貨款服務
- ❏ **customs duty** 名 關稅
- ❏ **stamp duty** 名 印花稅
- ❏ **port dues** 名 港口稅
- ❏ **rate of exchange** 名 匯率
- ❏ **floating rate** 名 浮動匯率
- ❏ **fixed rate** 名 固定匯率
- ❏ **selling rate** 名 賣出匯率

❏ **revaluation** [ˌrivæljuˋeʃən] 图 重估;升值

❏ **devaluation** [ˌdivæljuˋeʃən] 图 貶值

❏ **international monetary fund** 國際貨幣基金

❏ **foreign currency** 图 外幣

合約　🔊 MP3 090

❏ **contract** [ˋkɑntrækt] 图 合約

❏ **contractor** [ˋkɑntræktɚ] 图 訂約人;承包人

❏ **draft a contract** 起草合約

❏ **draw up a contract** 擬訂合約

❏ **enter into a contract** / **place a contract** 訂合約

❏ **sign a contract** 簽合約

❏ **implement** / **carry out** / **execute a contract** 執行合約

❏ **alter the contract** 修改合約

❏ **approve the contract** 批准合約

❏ **abide by the contract** 遵守合約

❏ **conclude a contract** 訂立合約

❏ **come into effect** 生效

❏ **cease to be in effect** 失效

❏ **contract provisions** 合約規定

❏ **contractual terms & conditions** 合約條款和條件

❏ **interpretation of contract** 合約的解釋

❏ **contractual dispute** 合約上爭議

❏ **to be laid down in the contract** 在合約中列明

❏ **sales contract** 銷售合約

❏ **in duplicate** 一式二份

❏ **in triplicate** 一式三份

❏ **in quadruplicate** 一式四份

❏ **renewal of contract** 合約之續訂

❏ **expiration of contract** 合約期滿

❏ **written agreement** 書面協議

❏ **verbal agreement** 口頭協議

❏ **multilateral agreement** 多邊協議

❏ **written contract** 書面合約

❏ **contractual claim** 根據合約提出之要求

❏ **breach of contract** 違反合約

❏ **break the contract** 毀約

❏ **cancel the contract** 撤銷合約

❏ **tear up the contract** 撕毀合約

❏ **terminate the contract** 解除合約

❏ **annul a contract** 廢除合約

❏ **non-payment** [nɑn`pemənt] ⓝ 拒不付款

展場相關用語 | 🎧 MP3 091

❏ **have experience with** 有～方面的經驗

❏ **have good knowledge of** 對～相當了解

❏ **be familiar with** 對～熟悉

❏ **be quite interested in** 對～很感興趣

❏ **be anxious for** 對～渴望

❏ **be anxious about** 為～擔心

❏ **be paid on a commission or salary basis** 以佣金或薪資方式付酬

❏ **contribute ideas** 提供想法

❏ **increase brand awareness** 提高品牌知名度

❏ **get the word out** 宣傳

❏ **demonstrate the use of** 展示～之用途

❏ **give a demo to** 給～做展示

- ❏ **engage with** 與～交流
- ❏ **set up the booth** 佈置展位
- ❏ **be decorated with** 用～裝飾
- ❏ **have a strong reputation for** 在～方面信譽良好
- ❏ **schedule ~ for** 為～安排日期
- ❏ **exchange contact information** 相互交換連絡方式
- ❏ **on the lookout for** 注意尋找～

B 談判

動詞篇 🔊 MP3 092

- ❏ **afford** [əˋford] 働 負擔的起
- ❏ **commit** [kəˋmɪt] 働 委託；承諾
- ❏ **compromise** [ˋkɑmprəˏmaɪz] 働 妥協
- ❏ **have the floor** 有發言權
- ❏ **sit tight** 堅持自己的主張
- ❏ **underwrite** [ˋʌndəˏraɪt] 働 署名於下
- ❏ **nominate** [ˋnɑməˏnet] 働 任命
- ❏ **brief** [brif] 働 向～作簡報
- ❏ **renegotiate** [ˏrinɪˋgoʃiˏet] 働 重新談判
- ❏ **convey** [kənˋve] 働 傳達
- ❏ **score** [skor] 働 取得
- ❏ **schedule** [ˋskɛdʒʊl] 働 安排時間
- ❏ **stipulate** [ˋstɪpjəˏlet] 働 規定
- ❏ **consult** [kənˋsʌlt] 働 商量
- ❏ **defend** [dɪˋfɛnd] 働 維護
- ❏ **bind** [baɪnd] 働 約束
- ❏ **avoid** [əˋvɔɪd] 働 避免

- ❏ **guarantee** [ˌgærənˋti] 動 保證
- ❏ **manifest** [ˋmænəˌfɛst] 動 證實
- ❏ **streamline** [ˋstrimˌlaɪn] 動 使簡化
- ❏ **scrutiny** [ˋskrutṇɪ] 動 詳細地檢查
- ❏ **formulate** [ˋfɔrmjəˌlet] 動 系統地闡述、說明
- ❏ **anchor** [ˋæŋkɚ] 動 使固定

名詞篇　🔊 MP3 093

- ❏ **correspondence** [ˌkɔrəˋspɑndəns] 名 信函
- ❏ **telegram** [ˋtɛləˌgræm] 名 電報
- ❏ **commitment** [kəˋmɪtmənt] 名 承諾
- ❏ **assent** [əˋsɛnt] 名 同意
- ❏ **inquiry** [ɪnˋkwaɪrɪ] 名 詢問
- ❏ **inspection** [ɪnˋspɛkʃən] 名 檢查
- ❏ **claim** [klem] 名 索賠；要求
- ❏ **obligation** [ˌɑbləˋgeʃən] 名 義務；責任
- ❏ **catalogue** [ˋkætəlɔg] 名 目錄
- ❏ **endorsement** [ɪnˋdɔrsmənt] 名 背書
- ❏ **reception** [rɪˋsɛpʃən] 名 接待
- ❏ **force majeure** 名 不可抗力
- ❏ **probability** [ˌprɑbəˋbɪlətɪ] 名 可能性
- ❏ **prospect** [ˋprɑspɛkt] 名 前景
- ❏ **dealing** [ˋdilɪŋ] 名 交易
- ❏ **trade-off** [ˋtredˌɔf] 名 交易
- ❏ **loss** [lɔs] 名 損失
- ❏ **risk** [rɪsk] 名 風險
- ❏ **transaction** [trænˋzækʃən] 名 交易
- ❏ **arbitration** [ˌɑrbəˋtreʃən] 名 仲裁

❏ **remittance** [rɪˋmɪtn̩s] 名 匯款

❏ **tactic** [ˋtæktɪk] 名 策略

❏ **incentive** [ɪnˋsɛntɪv] 名 激勵

❏ **franchise** [ˋfræn͵tʃaɪz] 名 經銷權

❏ **rapport** [ræˋport] 名 密切關係

❏ **formulation** [͵fɔrmjəˋleʃən] 名 制定；正式提出

❏ **insurance policy** 名 保險單

❏ **insurance certificate** 名 保險憑證

❏ **combined certificate** 名 聯合憑證

❏ **premium** [ˋprimɪəm] 名 保險費

❏ **insured amount** 名 保險金額

❏ **claim settlement** 名 理賠

❏ **offeror** [ˋɔfəror] 名 要約人

❏ **offeree** [ɔfəˋi] 名 受約人

❏ **payee** [peˋi] 名 受款人

❏ **drawer** [ˋdrɔə] 名 出票人

❏ **drawee** [drɔˋi] 名 受票人

❏ **insurer** [ɪnˋʃurə] 名 保險人

❏ **insured** [ɪnˋʃurd] 名 投保人

❏ **debtor** [ˋdɛtə] 名 債務人

❏ **regulator** [ˋrɛgjə͵letə] 名 調停員

❏ **counterpart** [ˋkauntə͵part] 名 對應之人或物

❏ **concession** [kənˋsɛʃən] 名 讓步

❏ **negotiation** [nɪ͵goʃɪˋeʃən] 名 談判

❏ **delegation** [͵dɛləˋgeʃən] 名 代表團

❏ **international practices** 名 國際慣例

❏ **documentation** [͵dɑkjəmɛnˋteʃən] 名 文件製作及提供

❏ **mutual benefit** 名 互利

❏ **precondition** [͵prikənˋdɪʃən] 名 先決條件

- ❏ **equality** [i`kwɑlətɪ] ⑧ 平等
- ❏ **clause** [klɔz] ⑧ 條款
- ❏ **exclusivity** [ɛksklu`sɪvətɪ] ⑧ 獨家代理
- ❏ **relevant details** ⑧ 相關細節
- ❏ **fine print** ⑧ 印刷極小的字體
- ❏ **voluntary agreement** ⑧ 自願達成的協議
- ❏ **market fluctuation** ⑧ 市場變化

📁 形容詞、副詞篇 | 🔘 MP3 094

- ❏ **verbal / verbally** ⑱ 口頭的／⑪ 口頭地
- ❏ **preliminary** [prɪ`lɪmə͵nɛrɪ] ⑱ 初步的
- ❏ **extraneous** [ɛk`strenɪəs] ⑱ 外來的
- ❏ **gracious** [`greʃəs] ⑱ 親切的
- ❏ **definite** [`dɛfənɪt] ⑱ 明確的
- ❏ **dubious** [`djubɪəs] ⑱ 可疑的
- ❏ **indispensable** [͵ɪndɪs`pɛnsəbḷ] ⑱ 不可缺少的
- ❏ **flexible** [`flɛksəbḷ] ⑱ 有彈性的
- ❏ **integral** [`ɪntəgrəl] ⑱ 完整的
- ❏ **amicably** [`æmɪkəbḷɪ] ⑪ 友善地
- ❏ **mutual** [`mjutʃʊəl] ⑱ 彼此的
- ❏ **hostile** [`hɑstɪl] ⑱ 敵對的
- ❏ **domestic** [də`mɛstɪk] ⑱ 國內的
- ❏ **partial** [`parʃəl] ⑱ 部分的
- ❏ **cordial** [`kɔrdʒəl] ⑱ 熱忱的
- ❏ **fruitful** [`frutfəl] ⑱ 富有成效的
- ❏ **arisen** [ə`rɪzn̩] ⑱ 發生的
- ❏ **interchangeably** [ɪntə`tʃendʒəblɪ] ⑪ 可互換地
- ❏ **prosperous** [`prɑspərəs] ⑱ 繁榮的

- ❑ **precise** [prɪ`saɪs] 圈 精準的
- ❑ **permanent** [`pɜmənənt] 圈 永久的
- ❑ **figuratively** [`fɪgjərətɪvlɪ] 圓 比喻地
- ❑ **contractual** [kən`træktʃʊəl] 圈 契約的
- ❑ **aggressive** [ə`grɛsɪv] 圈 有攻擊性的
- ❑ **exclusively** [ɪk`sklusɪvlɪ] 圈 獨家的
- ❑ **incremental** [ɪnkrə`mɛntl̩] 圈 增值的
- ❑ **accordingly** [ə`kɔrdɪŋlɪ] 圓 因此
- ❑ **agreed-upon** [ə`grid ə`pɑn] 圈 約定好的
- ❑ **furious** [`fjʊərɪəs] 圈 暴怒的
- ❑ **rewarding** [rɪ`wɔrdɪŋ] 圈 有報酬的
- ❑ **voluntary** [`vɑlən͵tɛrɪ] 圈 自發的
- ❑ **blindly** [`blaɪndlɪ] 圓 盲目地
- ❑ **absolutely** [`æbsə͵lutlɪ] 圓 絕對地
- ❑ **literally** [`lɪtərəlɪ] 圓 實在地
- ❑ **collective** [kə`lɛktɪv] 圈 具體的
- ❑ **disproportionately** [͵dɪsprə`pɔrʃənɪtlɪ] 圓 不成比例地

📁 談判相關用語 | 💿 MP3 095

- ❑ **agree on** 對～取得一致意見
- ❑ **on behalf of** 代表～
- ❑ **carry out** 執行～
- ❑ **take steps** 採取措施
- ❑ **fulfill the obligations** 履行責任
- ❑ **take the turn for the worst** 惡化
- ❑ **in conformity with** 與～一致
- ❑ **in advance** 提前
- ❑ **in practice** 實際上

- ❑ **reach an agreement** 達成協議
- ❑ **seal a business deal** 敲定一筆生意
- ❑ **abide by** 遵守～
- ❑ **send over** 派去
- ❑ **allow for** 考慮到～
- ❑ **lose track of** 失去～的線索
- ❑ **look over** 詳細查閱～
- ❑ **go through with** 完成～
- ❑ **stay in business** 維持營業
- ❑ **go under** 倒閉
- ❑ **cover to cover** 從頭到尾
- ❑ **deal with** 處理～
- ❑ **steer clear** 避開
- ❑ **a sense of security** 安全感
- ❑ **prevent ~ from** 防止～不～
- ❑ **agree upon** 對～意見一致
- ❑ **in violation of** 違反～

📁 詢價與報價　⊙ MP3 096

- ❑ **retail** [`ritel] ⓥ 零售
- ❑ **review** [rɪ`vju] ⓥ 複審
- ❑ **damage** [`dæmɪdʒ] ⓥ 損壞
- ❑ **soar** [sor] ⓥ 爆漲
- ❑ **reduce** [rɪ`djus] ⓥ 減少
- ❑ **ignore** [ɪg`nor] ⓥ 不理睬
- ❑ **consolidate** [kən`sɑləˌdet] ⓥ 合併；鞏固
- ❑ **ensure** [ɪn`ʃʊr] ⓥ 保證
- ❑ **discount** [`dɪskaʊnt] ⓥ 打折

- ❏ **offer** [ˋɔfə] 動 出價
- ❏ **cut** [kʌt] 動 砍價
- ❏ **bargain** [ˋbɑrgɪn] 動 討價還價
- ❏ **regretful** [rɪˋgrɛtfəl] 形 遺憾的
- ❏ **competitive** [kəmˋpɛtətɪv] 形 競爭的
- ❏ **acceptable** [əkˋsɛptəbl] 形 可接受的
- ❏ **unacceptable** [ˌʌnəkˋsɛptəbl] 形 不能接受的
- ❏ **superior** [səˋpɪrɪə] 形 優越的
- ❏ **top-ranking** [ˌtɑpˋræŋkɪŋ] 形 一流的
- ❏ **inspection** [ɪnˋspɛkʃən] 名 監督
- ❏ **allowance** [əˋlaʊəns] 名 折扣
- ❏ **rebate** [ˋribet] 名 折扣；貼現
- ❏ **evaluation** [ˌɪvæljʊˋeʃən] 名 估價
- ❏ **wholesale** [ˋholˌsel] 名 批發
- ❏ **enquiry** [ɪnˋkwaɪrɪ] 名 詢價
- ❏ **counter-offer** [kaʊntə ɔfə] 名 還價
- ❏ **speculation** [ˌspɛkjəˋleʃən] 名 投機
- ❏ **quotation** [kwoˋteʃən] 名 引用
- ❏ **supervisor** [ˌsupəˋvaɪzə] 名 監察員
- ❏ **source** [sors] 名 根源
- ❏ **feedback** [ˋfidˌbæk] 名 回饋
- ❏ **international standard** 名 國際標準

📁 包裝和運輸 | 🔘 MP3 097

- ❏ **package** [ˋpækɪdʒ] 名 包裝
- ❏ **outer packing** 外包裝
- ❏ **inner packing** 內包裝
- ❏ **small packing** 小包裝

- **selling packing** 銷售包裝
- **transport packing** 運輸包裝
- **immediate packing** 直接包裝
- **neutral packing** 中性包裝
- **combustible** [kəm`bʌstəbl] 彤 易燃的
- **explosive** [ɪk`splosɪv] 彤 易爆炸的
- **radioactive** [ˌredɪo`æktɪv] 彤 有放射性
- **poison** [`pɔɪzn̩] 名 毒物
- **handle with care** 小心輕放
- **direct shipment** 直接裝運
- **immediate shipment** 立即裝運
- **prompt shipment** 即時裝運
- **partial shipment** 分批裝運；分期裝運
- **port of shipment** 裝運港
- **discharge port** 卸貨港
- **loading** [`lodɪŋ] 名 裝貨
- **freight** [fret] 名 運費
- **consignor** [kən`saɪnə] 名 發貨人
- **consignee** [ˌkɑnsaɪ`ni] 名 收貨人
- **carrier** [`kærɪə] 名 承運人
- **freight forwarder** 運輸代理人
- **means of transportation** 運輸方式
- **shipping instructions** 裝運須知
- **bill of lading** 提單
- **consignment note** 托運單
- **shipping agent** 運貨代理商
- **deadline for delivery** 最後交貨日期
- **on deck risk** 船面險

- ❏ **leakage** [ˈlikɪdʒ] (名) 滲漏
- ❏ **sweat and heating** 受潮受熱
- ❏ **breakage of packing** 包裝破裂
- ❏ **strike risk** 罷工險
- ❏ **import duty risk** 進口關稅險
- ❏ **hook damage** 鉤損
- ❏ **rejection** [rɪˈdʒɛkʃən] (名) 拒收
- ❏ **pack** [pæk] (動) 包裝
- ❏ **wrap** [ræp] (動) 包
- ❏ **affect** [əˈfɛkt] (動) 影響
- ❏ **dispatch** [dɪˈspætʃ] (動) 派遣
- ❏ **bear** [bɛr] (動) 承擔
- ❏ **prevent** [prɪˈvɛnt] (動) 阻止
- ❏ **issue** [ˈɪʃju] (動) 發行
- ❏ **recommend** [ˌrɛkəˈmɛnd] (動) 推薦
- ❏ **confirm** [kənˈfɜm] (動) 使更鞏固
- ❏ **fragile** [ˈfrædʒəl] (形) 易碎的
- ❏ **outer** [ˈaʊtɚ] (形) 外面的
- ❏ **inner** [ˈɪnɚ] (形) 內部的

保險　　🎧 MP3 098

- ❏ **CIF**：Cost, Insurance and Freight（成本、保險費加運費）到岸價格
- ❏ **All Risks** 全險
- ❏ **FPA**：Free from Particular Average 平安險
- ❏ **TPND**：Theft, Pilferage & Non-delivery 偷竊提貨不著險
- ❏ **WA / WPA**：With Average or With Particular Average 水漬險
- ❏ **War Risks** 戰爭險
- ❏ **SRCC**：Strike, Riot and Civil Commotion 罷工、暴動及民變險

類型1 展場準備、預定、搭建 🔊 MP3 099

1. **How big is the booth?**
   展位有多大？

2. **How much time do we need to set up the booth?**
   佈置展位我們需要多少時間？

3. **We have a trade show in Tokyo next week.**
   我們下週在東京有個貿易展覽會。

4. **Can you help me make the display of the exhibition?**
   可以幫我佈置展位嗎？

5. **Dan and I are going to man the booth.**
   丹和我將負責展位。

6. **Are the handouts prepared yet?**
   宣傳品準備好了嗎？

7. **We still need two thousand more corporate brochures.**
   我們仍需 2,000 份公司的宣傳手冊。

8. **We have some free time to look at the other exhibitions.**
   我們有一些時間可以去看看其他的展覽。

9. **We'd better make a unique display.**
   我們最好將展位裝飾得獨特些。

10. **It is essential for us to choose a stand with high traffic flow.**
    將展位選擇在人潮密集的地方對我們來說很重要。

11. **We need to have all the items clearly labeled with the stand number and company name.**
    我們需要把所有物品清楚地標上展台的號碼和公司名稱。

12. **We need to choose a venue with a proper size.**
    我們需要選擇一個面積合適的場館。

13 **We definitely have to apply for the Internet service.**
我們的確必須申請網路服務。

14 **Let me paste up those posters on the wall in the surrounding hallways.**
讓我來把那些海報張貼在會場四周的牆面上。

15 **We do need to put the logo of our company at a very obvious place.**
我們的確需要把公司的標誌放在最顯眼處。

16 **It is better to use some bright colors and material with good texture to build our booth.**
最好採用一些明亮的顏色和材質好的材料來搭建我們的展位。

17 **Please paint the wall of the booth in the color of green to match our products.**
請將展位漆成綠色，以和我們公司的產品相配合。

 類型2 展場樣品展示及產品介紹 　🎧 MP3 100

1 **Our products feature the latest designs.**
我們的產品以最新的設計為特色。

2 **We make the best alarm o'clock on the market.**
我們做的鬧鐘是市場上最好的。

3 **We have a wide range of sizes.**
我們有各種尺寸的。

4 **I believe you'll find we produce quality products.**
我相信你會發現我們生產高品質的產品。

5 **This product presents the top craftsmanship.**
這產品代表了頂級工藝水準。

6 **We supply our products to over thirty countries.**
我們的產品銷往 30 多國。

7 **This new product has just been awarded a gold medal at an international expo.**
這新產品剛獲得國際博覽會金牌獎。

8 **This product is brand new and absolutely unique.**
這產品是全新的而且絕對是獨一無二的。

9 **The best thing about this product is that it is energy efficient.**
這個產品最大的特色是它能節省能源。

10 **This is our newly-developed water heater. Let me demonstrate it for you.**
這是我們新研發的熱水器。讓我替你示範一下。

11 **Good for health is one of the biggest selling points of this product.**
有益健康是這產品最大賣點之一。

12 **This new model has more advanced functions.**
這種新型號有更先進的功能。

13 **Our latest products are basically designed to insure the full satisfaction of the users.**
我們最新的產品基本上是為了確保使用者滿意而設計的。

14 **It takes longer to wear out than others.**
它比其他產品耐用。

15 **The quality of our product is superior, still the price is quite reasonable.**
我們產品品質優異,而價格相當合理。

16 **This product combines so many functions in one.**
這種產品匯集多種功能於一。

17 **One of the real advantages of this product is convenience.**
這種產品的真正優點之一即是方便。

18 **The product is a luxury item, just designed for executives.**
這項產品是款奢侈品,是專為主管級的人設計的。

類型 3 展場產品推銷及促銷策略   🎧 MP3 101

1 **These are the samples of our company's latest products.**
這些是我們公司最新產品的樣品。

2 **We guarantee world-standard in quality.**
我們保證產品達到國際水準。

3 **I'll demonstrate the use of the newest water heater.**
我來展示如何使用這種最新的熱水器。

4 **What kind of products are you particularly interested in?**
你對哪種產品特別感興趣嗎？

5 **This product represents the development trend for the next five years.**
這種產品代表了今後 5 年的發展趨勢。

6 **As you can see, this newest product is quite easy to use.**
正如你所見，這項最新產品很容易使用。

7 **Here's a copy of our latest catalog.**
這是我們最新一期的產品目錄。

8 **It's impossible for you to find anything else like this on the market.**
你在市場上不可能看到類似的產品。

9 **This trade fair offers us a wonderful chance to introduce our products.**
這個商展為我們的產品提供了良好的引見機會。

10 **Feel free to stop by anytime.**
歡迎隨時過來。

11 **We're a startup company, headquartered in Tainan and founded earlier last year.**
我們是一家新公司，總部設在台南，於去年初成立。

12 **I'll run a full page ad 10 days before the exhibition.**
我會在商展前登十天全版廣告。

13 **We have to wear our badges at all times.**
我們隨時都必須戴工作徽章。

14 **Make sure the catalogues and pamphlets of our company's products are placed on the right side of the counter.**
要確定將我們公司的產品目錄和宣傳品放在櫃檯的右邊。

15 **Here's my business card and it has the company's address on it.**
這是我的名片，上面有公司的地址。

16 **Once you visit our booth, you'll find our exhibits fine in quality and beautiful in design.**
只要你來參觀我們的攤位，你就會發現我們的展品有很不錯的質感和漂亮的設計。

17 **We offer a discount for large orders.**
對大量訂購我們有折扣。

18 **Since this product is easy to carry, it has become more and more popular.**
因為攜帶方便，此產品越來越受歡迎。

19 **We have sales outlets all over the country.**
我們在全國各地皆有銷售點。

20 **Welcome to our new product promotion activity.**
歡迎參加我們新產品的促銷活動。

21 **Our new product stands out above the other products in its market.**
我們的新產品在市場上優於其他產品。

22 **We have an exciting new product to show you.**
我們有個令人興奮的新產品要向各位展示。

23 **Our demand is greater than our supply.**
我們的產品供不應求。

📁 類型 4 合約　🎧 MP3 102

1 **The contract lasts for 5 years.**
合約期限為五年。

2 **The contract will be renewed every five years subject to agreement of both parties.**
在雙方同意之下合約每五年重簽一次。

3 **The contract can be called off with 3 month's notice.**
合約只要在 3 個月前通知即可中止。

4 Based on the contract, either party can terminate the agreement by giving sixty days' notice.

依照合約，一方可於 60 天前通知對方以終止合約。

5 We'd like to inform you that the contract will become void automatically in 2 months.

我們想告知貴公司，合約將在 2 個月後自動失效。

6 Please notify us in advance if your company would like to terminate the contract.

若貴公司想要終止合約，請事先告知我們。

7 What should we do if each of us would like to terminate the contract?

如果我們其中一方想終止合約該如何做？

8 The expiration of the contract is coming soon.

合約很快就要到期了。

9 Could we extend our contract?

我們能延長合約嗎？

10 We'd like a renewal.

我們想要續約。

11 It's kind of too late to renew the contract.

現在續約有些晚了。

12 Here's your copy of the amended contract.

這是經修改後的合約副本。

13 This contract shall not be changed verbally.

此合約不可以口頭方式修改之。

14 There is no clause allowing you to raise prices because of market fluctuations.

合約中並沒有允許您因市場變化而提高價格的條款。

15 The contract comes into effect today.

合約今日生效。

16 There's one thing we can't accept in Clause 6.

我們不能接受第六條。

17 **We do think the contract you drew up needs some modification.**
我方認為貴公司草擬的合約的確需要做一些修改。

18 **It seems that we can't reach an agreement on this point.**
我們在這一點上似乎無法取得共識。

19 **Do you have any different ideas about the clauses and wording?**
你對條款和措詞有異議嗎？

20 **There is one more provision that should be added to the contract.**
合約中應該再加一項條款。

21 **I think this clause suits us well.**
我認為這項條款很合適。

22 **I'm wondering if we could add just one more clause in the contract.**
我在想是否能在我們的合約中增加一項新條款。

23 **Please have the contract amended.**
請修改一下合約。

24 **This contract shall be changed only by a signed written instrument.**
此合約需在雙方簽署書面文件後才可修改。

25 **All the terms should meet with unanimous agreement.**
一切條款必須取得雙方的一致同意。

26 **Please read the contract carefully before signing.**
請仔細閱讀合約後再簽字。

27 **We've reached an agreement on this particular contract.**
我們就該特殊合約達成了共識。

28 **Both contracts are equally effective.**
兩份合約都具有同等的法律效應。

類型 5 客戶談判　　🔵 MP3 103

1 **This is my first visit to Taiwan. I'd appreciate your consideration in the coming negotiation.**
我是初次訪台。在即將到來的談判中請你多加關照。

2 **Thanks for your detailed account. I think I've got a rough idea of your foreign trade policy.**
謝謝你詳細的講解。我想我對貴國的外貿政策已有大致的了解。

3 **I'd like to read the preliminary proposal before the meeting.**
我想在會議前看一下初步的提案。

4 **After reading briefly the preliminary proposal, I think I've got a general picture of your company and products.**
在大略的讀過初步提案後，我想我對貴公司及產品已有大致的了解。

5 **It's my great pleasure to visit your company. I hope we can do business together.**
我很榮幸有機會拜訪貴公司。希望我們能夠一起做生意。

6 **The longer we wait, the less likely we are to come up with solutions.**
時間拖得越久，我們想出解決方案的機會就越少。

7 **I hope this negotiation will be productive.**
我希望這個協商會是有成效的。

8 **Why don't we get down to the bottom line right away?**
我們為何不直接討論要點。

9 **It's always our hope to trade with businessmen from Eastern Europe.**
和東歐商人進行貿易往來一直是我們的願望。

10 **I think that you've made great progress in the Export Commodities Fair.**
我認為你們在出口商交易會上進步很大。

11 **I hope this will be a win-win situation.**
我希望結果會是雙贏。

12 **As a matter of fact, we are mainly interested in your new digital cameras.**
事實上，我們主要對你們的新型數位相機有興趣。

13 **I do think you do business more actively and more flexibly now.**
我確實認為現在你們做生意更主動、更靈活了。

14 **Compared with the prices offered by other companies, our prices are very competitive.**
和別的公司價格相比，我們的價格非常有競爭力。

15 **I've heard that you specialize in digital devices. What can you offer?**
我聽說你們專營數位設備。你們可以提供什麼產品？

16 **Our two companies have been working together for over 10 years.**
我們兩家公司已有 10 年的合作關係。

17 **You will definitely benefit from the expanding market by having close cooperation with us in the near future.**
藉由我們未來的緊密合作，你們肯定能在不斷擴大的市場中獲利。

18 **We'd like to make as many new contacts as we can.**
我們想盡可能多建立新的關係。

19 **It's necessary for us to establish a joint venture in your country.**
在貴國建立合資企業對我們而言是有必要的。

20 **Let's talk about the details.**
讓我們討論一下細節部份。

21 **Our foreign trade policy has always been based on equality and mutual benefits and exchange of needed goods.**
我們的外貿政策一向是以平等互利、互通有無為基礎。

22 **Let's get down to business.**
讓我們言歸正傳吧！

23 **We're not going to be able to come to terms on price.**
在價格上我們的看法無法一致。

24 **The survey we conducted shows that your company has obtained certain patents which we believe are very valuable.**
我們所做的調查顯示，貴公司已取得某些我們認為相當有價值的專利。

25 **Our company has done lots of research in this field.**
我們公司在此領域做了許多研究。

26 **I would like to discuss the competitor's benefits, too.**
我也想要討論一下競爭對手的利益。

27 **What's your final offer on that item?**

那項商品你們能出的最低價是多少？

28 **I think the price is a little high.**

我認為這個價格貴了點。

29 **Can't you reduce the price a little bit?**

價格你能否減低一些？

30 **$20 is our rock bottom price.**

20 美元是我們的底價。

類型 6 了解公司、工廠　　◎ MP3 104

1 **What's the total annual output of your factory?**

貴工廠每年總產量是多少？

2 **Do you export all of your products?**

你們所有的產品都出口嗎？

3 **Do you spend a lot on research and development each year?**

你們每年花很多錢進行研究和開發嗎？

4 **What raw materials do you use?**

你們用什麼原料？

5 **Where are your raw materials from?**

你們的原料來自哪裡？

6 **How do you ensure quality control?**

你們如何保證品質控管？

類型 7 「代理」議題　　◎ MP3 105

1 **We're considering your proposal to act as our sole agent.**

我們在考慮你們做為我們獨家代理的提案。

2 **I'm wondering if your firm is represented in this area.**

我想知道貴公司在此地區是否有代理。

3 **We'd like to sign an exclusive agency agreement with you for a period of six years.**
我們想要與你們簽訂為期六年的獨家代理權。

4 **I am afraid to say that we have to refuse your proposal of serving as our agent.**
我恐怕不得不謝絕你們作為我方代理的提案。

5 **Why don't we try out a period of cooperation to see how things go?**
我們何不試著合作一段時間看看情況怎麼樣？

6 **We really appreciate your offer of help to push the sales of our product.**
我們真的很感激你們願意幫忙推銷我們的產品。

7 **Our organization will offer you first-class representation.**
本公司可為你們提供一流的代理服務。

8 **As long as the price is reasonable, we're happy to become your agent.**
只要價錢合理，我們很樂意成為貴公司的代理商。

9 **We always grant our agents 10% commission on sales.**
我們總是給我們的代理商銷售額 10% 的佣金。

10 **In consideration of your extensive experience in this field, we'd like to appoint you as our agent in China.**
考慮到你們在這領域豐富的經驗，我們想指定你們做為我們在中國的代理商。

11 **We'll surely offer you excellent after-sales service.**
我們絕對提供完善的售後服務。

類型 8 包裝／運輸／保險　(◎) MP3 106

1 **The packages are in good order.**
包裝完好無損。

2. **Packing also influences the reputation of our products.**
包裝也會影響我們產品的聲望。

3. **The unique design of the packing will help us push sales.**
獨特的包裝設計將有助於我們推銷產品。

4. **Generally, the packing charge is included in the contract price.**
一般來說，合約價格已包括了包裝費用。

5. **The packing charge is about 2% of the total cost of the goods.**
包裝費用約占貨物總值的 2%

6. **Please itemize the packing charge.**
請詳列各項包裝費用。

7. **The causes for the delay of shipment were beyond our control.**
延誤裝運的原因非我方能控制。

8. **We normally ship our goods by regular liners.**
我們通常用定期班輪裝運。

9. **In this case, we might consider prompt shipment.**
這種情況下，我們或許能考慮即期裝運。

10. **Is it possible for you to dispatch the goods by air instead of by sea?**
你們有可能用空運代替海運嗎？

11. **Our top client demands the shipment be made in four equal lots each month.**
我們最重要的客戶要求分四批等量裝運，每個月裝一批。

12. **The loss was beyond the coverage granted by us.**
該損失不包括在我方承保的範圍內。

13. **The extra premium is for your account.**
超額的保險費由貴方承擔。

14. **I'll get the rate for you right away.**
我馬上給你報費率。

15. **FPA will be fine.**
投保平安險即可。

16 **FPA doesn't cover partial loss for the nature of particular average.**

投保平安險不包括單獨海損的部份損失。

17 **What kind of insurance policy have you secured?**

你們投保哪種險？

18 **We shall cover the goods against WPA and TPND risk.**

我們將為貨物投保水漬險和偷竊提貨不著險。

類型 9 詢價／報價　　 🎧 MP3 107

1 **Can you allow me a discount?**

可以給我打個折嗎？

2 **Could you make prompt delivery?**

你們可以即期交貨嗎？

3 **We regret that the goods you inquired about are unavailable.**

很遺憾你們所詢問的貨品現在缺貨。

4 **We've kept the price close to the cost of production.**

我們已把價格壓到生產費用的邊緣了。

5 **If your price is favorable, we can place the order right now.**

如果你們價格夠優惠，我們可以立刻訂貨。

6 **Let me make you a special offer.**

讓我給你一個特別優惠價。

7 **The price you offered is above previous prices.**

你們報的價高於先前價格。

8 **If your orders are over 5,000 pieces, we are willing to allow a 6% reduction in price.**

如果訂購超過 5,000 件，我們願意降價 6%。

9 **Our offer is valid for seven days.**

我們的報價有效期為 7 天。

10 **I'll respond to your counter-offer by reducing our price by five dollars.**

回應你們的還價，我可以減價 5 元。

11 **We definitely can't accept your offer unless the price is reduced.**

除非你們的報價減少，否則我們絕對無法接受。

12 **We'll have to revaluate our offer.**

我們必須重新考慮我們的報價。

Part 3　主題驗收評量

✍ 評量 1　字彙題：請選正確字彙

(A) unanimously	(B) crystal clear	(C) identify
(D) amicably	(E) transaction	(F) walk away

① The two parties shall negotiate _____ on the basis of principles of equality and mutual benefit.

② We have agreed on the contact terms _____.

③ To conclude the _____, I think you should reduce the price by at least 15%.

④ No one will win if both sides cannot _____ from the process feeling they got a fair and reasonable deal.

⑤ The starting point for any deal is to _____ exactly what you want from each other.

⑥ Make sure the language in the contract is _____, even if it might otherwise seem unnecessary.

✍ 評量 2　克漏題

Silicon Valley expanded ① _____ Intel, so fast ② _____ townships have coalesced ③ _____ metropolitan sprawl and ten-lane freeways are ④ _____ during rush hours. Economics growth has been so fast because it has been horizontal, says Gordon Moore. "⑤ _____ supplying your own needs, you worked with somebody who set up a company to supply you. It's a lot easier to run one of these small-focus companies than it is to run a large vertically integrated one. You can form them a lot more quickly, and it turned out to be a good way to do the business. "

（97 年中正大學研究所）

① (A) into   (B) in line with   (C) over   (D) up to

② (A) that   (B) which   (C) where   (D) as

③ (A) for   (B) from   (C) into   (D) by

④ (A) barred   (B) congested   (C) becalmed   (D) stripped

⑤ (A) In case of   (B) Instead of   (C) Because of   (D) Regardless of

✐ 評量 3 以下兩小題節錄自「科博會」新聞稿，請選出正確字彙。

（1）

(A) higher than	(B) more than	(C) spectacular
(D) including	(E) featured	

The Expo ①＿＿ contribution from foreign commercial organizations, enterprise delegations and science and technological organizations from 38 countries, and ②＿＿ 3,000 foreign guests, ③＿＿ world famous scholars, entrepreneurs and scientists. This ④＿＿ event, now in its 3rd year, features a modern technology show. Besides, the quality of the present Expo is ⑤＿＿ the previous ones.

（2）

(A) house full	(B) high level	(C) featuring

①＿＿ around the hot topics and development of high-tech industries, the symposium and seminar are of ②＿＿ guiding nature. Most of them are ③＿＿.

✐ 評量 4 請由右列句子中選出左列每一句話所對應的句子。

(A) What's your best price for that item?	① I'm afraid we can't accept that. $11.50 is our rock bottom price.
(B) I think the price is a little high. Can't you reduce it to $10?	② Yes. We finished the evaluation of it. We are quite satisfied with it.
(C) It's been a pleasure to do business with you. Mr. Thompson.	③ The unit price is $10.50.
(D) Did you receive the sample I send last Thursday?	④ My please as well. Can you deliver the goods by next Friday?

(A) ➡ ＿＿＿ ；(B) ➡ ＿＿＿ ；(C) ➡ ＿＿＿ ；(D) ➡ ＿＿＿

以下為航空展中的一段公告，請根據錄音內容，將空格中的字填入。

Welcome to the ①＿＿＿＿＿＿＿ exhibit at the Liberty Museum of Transportation. This exciting show will take you back to the ②＿＿＿＿＿＿＿ and romantic days of early flight in the ③＿＿＿＿＿＿＿ Hemisphere. See an ④＿＿＿＿＿＿＿ wicker airplane chair from a Ford Tri-Motor passenger plane and stewardess uniforms from the ⑤＿＿＿＿＿＿＿.

Thank you for ①＿＿＿＿＿＿＿ for the Taiwan Toy Trade Fair, which will run from Wednesday, July 2nd through Sunday, July 6th at the World Trade Center. More than ten thousand people are expected to take part in it. With years of experience in manufacturing toys, we offer a ②＿＿＿＿＿＿＿ toy items, such as robots, electric baby cars, and teddy bears. All are made of top quality materials and fine ③＿＿＿＿＿＿＿. You won't regret coming to see our ④＿＿＿＿＿＿＿ products which have enjoyed a fair market in Asia. We are looking forward to seeing you soon.

🔑 解答

評量 1

① (D)　② (A)　③ (E)　④ (F)　⑤ (C)　⑥ (B)

【中譯】

① 雙方將在平等互惠的基礎上進行友好的談判。

② 我們就合同的條款達成了一致的意見。

③ 為了做成交易，我認為你們應該降價至少 15%。

④ 如果談判沒有讓雙方感覺公平合理，結果將沒有人勝利。

⑤ 任何交易的出發點皆是要明確知道你想從對方那兒得到什麼。

⑥ 縱使合約用語看起來有些沒有必要，但一定要確保能表達得一清二楚、明明白白。

① (B)　②(A)　③(C)　④(B)　⑤(B)

【中譯】

　　矽谷的發展和英特爾公司類似，快到使得小城合併擴展成大都會，十車道的高速公路也在交通尖峰時刻堵塞。戈登摩爾認為因為是水平的發展，所以經濟成長的很快。他說：「你和經營公司來供應你的需求的人合作，而非自己供應自己的需求。經營此類小規模公司遠比經營垂直整合的大規模公司容易得多。建立這類小公司可快速得多，而這也證明是很好的經營方式。

①	(A) 進入	(B) 與～一致	(C) 在～之上	(D) 上至～
②	(A) 連接詞 that	(B) 關代 which	(C) 關副 where	(D) 連接詞 as
③	(A) 為了	(B) 來自	(C) 進入	(D) 藉由
④	(A) 被阻擋的	(B) 被堵塞的	(C) 被使安靜的	(D) 被剝奪的
⑤	(A) 倘使	(B) 而不是	(C) 因為	(D) 不管

【破題大法】

① 依前後文意，應指「前者」(Silicon Valley) 與「後者」(Intel) 情況相似，故選 (B) in line with「與～一致」。

② 本題考 so~that「如此～以至於」之正確用法。空格前看到 so fast，而空格後有主詞及動詞 (township have coalesced)，故選 (A) that。

③ coalesce into 為動詞片語，指「合併成為～」之意。正確答案為 (C)。

④ 依前後文意，在交通尖峰時刻 (rush hours) 高速公路應會是 (B) congested（堵塞的）。

⑤ 依逗點前的 supplying your own needs 和逗點後的 a company to supply you 可推斷，(B) instead of（而不是）最合句意。

(1)：① (E)　②(B)　③(D)　④(C)　⑤(A)

(2)：① (C)　②(B)　③(A)

【中譯】

(1) 此次科博會有 38 個國家的外國商務代表、企業代表團和科技機構共襄盛舉，另包括世界著名的學者、企業家、科學家等超過 3,000 位國外來賓參加。這一盛大活動如今已舉辦第 3 年，其特色為現代化的科技秀。此外，此次展覽水準比歷屆皆高。

(2) 以高科技產業發展熱門話題為特色，這次論壇及研討會具高水準主導性。幾乎是場場爆滿。

A (③)，B (①)，C (④)，D (②)

【中譯】

(A) 你們這個品項的最低價是多少？

→ (3) 單價是 10.50 美元。

(B) 我覺得這個價錢貴了些。你們能否減到 10 美元？

→ (1) 恐怕不行。11.50 美元是我們的最低價。

(C) 跟你做生意是我的榮幸，湯姆森先生。

→ (4) 也是我的榮幸。你們能在下週五前出貨嗎？

(D) 你們有沒有收到我們上周四寄去的樣品？

→ (2) 有。我們已進行了評估。我們相當滿意。

① aviation　② adventurous　③ Western　④ original　⑤ 1930s

【中譯】

歡迎參觀自由交通博物館的航空展。這個令人興奮的展示將帶您回到西半球早期飛行的冒險和浪漫時光。您可看到來自福特三馬達載客飛機的原始細柳編織的飛機座椅和 1930 年代的空姐制服。

① preregistering　② wide variety of　③ workmanship　④ exclusive

【中譯】

謝謝您事先登記於 7 月 2 日星期三到 7 月 6 日星期日在世貿中心舉辦的台灣玩具展。預估將有超過一萬人參加。本公司具有多年製造玩具的經驗，將提供各式各樣的玩具，例如機器人、電動嬰兒車和泰迪熊。所有的商品皆具有高品質、做工精湛。您絕對不會後悔來參觀我們在亞洲已享有相當市場的獨一無二玩具商品。我們期待很快就能見到您！

國家圖書館出版品預行編目資料

行銷英文 / 王建民作. -- 初版. -- 臺北市：貝塔，2014.04
　　面：　公分
　ISBN: 978-957-729-950-5（平裝附光碟片）

　1. 商業英文　2. 讀本

805.18　　　　　　　　　　　　　　　　　　103003919

行銷英文

作　　者 / 王建民
執行編輯 / 朱慧瑛

出　　版 / 貝塔出版有限公司
地　　址 / 台北市 100 中正區館前路 12 號 11 樓
電　　話 / (02)2314-2525
傳　　真 / (02)2312-3535
郵　　撥 / 19493777 貝塔出版有限公司
客服專線 / (02)2314-3535
客服信箱 / btservice@betamedia.com.tw

總 經 銷 / 時報文化出版企業股份有限公司
地　　址 / 桃園縣龜山鄉萬壽路二段 351 號
電　　話 / (02) 2306-6842

出版日期 / 2014 年 4 月初版一刷
定　　價 / 350 元
I S B N / 978-957-729-950-5

貝塔網址：www.betamedia.com.tw

喚醒你的英文語感！

Get a Feel for English !